Carola Clasen

Die Eifel sehen und sterben

Bisher von der Autorin bei KBV erschienen:

»Novembernebel«
»Das Fenster zum Zoo«
»Tot und begraben«
»Auszeit«
»Schwarze Schafe«
»Wildflug«
»Mord im Eifel-Express«
»Spiel mir das Lied vom Wind«
»Tote gehen nicht den Eifelsteig«

Seit 1998 schreibt **Carola Clasen** Kriminalromane, die in der Eifel spielen. Auch mit ihren Kurzgeschichten und Lesungen hat Carola Clasen sich einen Namen in der Region gemacht. Die »Queen of Eifel-Crime« ist Mitglied im Syndikat, lebt und arbeitet in Hürth.

Carola Clasen

Die Eifel sehen und sterben

23 kriminell kurze Geschichten

KBV

Originalausgabe

www.kbv-verlag.de
E-Mail: info@kbv-verlag.de
Telefon: 0 65 93 - 998 96-0
Fax: 0 65 93 - 998 96-20
Umschlagillustration: Ralf Kramp
Druck: Aalexx Buchproduktion GmbH, Großburgwedel
Printed in Germany
ISBN 978-3-942446-47-1

Inhalt

Die Eifel sehen und sterben

Ich habe alles genau berechnet. Es kann nichts schiefgehen. Es wird alles gut werden.

Ich bücke mich und binde langsam die Schnürsenkel meiner Wanderstiefel auf. Ich ziehe die Füße aus den Stiefeln und streife erst den linken Socken ab, schüttele ihn aus, falte ihn und stopfe ihn in den Stiefel. Ich mache immer erst alles links, ehe ich es rechts mache. Ich stelle die Stiefel ordentlich nebeneinander, die Spitzen zeigen Richtung Ufer.

Der Boden ist feucht und hart. Meine Füße sind frisch gewaschen, weiß ist die Haut, die Zehennägel sind sorgfältig geschnitten. Ich kremple meine Hosenbeine bis zu den Waden auf. Ein paar lange, dunkle Haare richten sich auf. Ich blicke auf meine Uhr.

14.35 Uhr

Noch 25 Minuten.

Zu Hause auf dem Küchentisch liegt ein Zettel mit den exakten Angaben über das Wann, Wie und Wo. Sie weiß, dass ich immer zu meinem Wort stehe. Sie hat also keinen Grund daran zu zweifeln, wenn sie liest, was ich geschrieben habe:

Meine über alles geliebte Sylvia!

Ich kann ohne dich nicht leben.

Ich werde mir um Punkt 15 Uhr an der Stelle, an der wir letzten Sonntag gesessen haben und du es mir gesagt hast, das Leben nehmen.

Ich wünsche dir alles Glück der Welt! Und vergiss nie: Ich verstehe dich.

Dein Eduard.

Ich habe alles genau berechnet.

Wann?

Um 13.00 Uhr hat sie Feierabend. Bis nach Hause hat sie eine knappe Viertelstunde Fußweg. Von unserem Haus in Bonn in die Eifel nach Schalkenmehren sind es exakt 103,5 Kilometer. Mit ihrem Auto braucht sie dafür eine gute Stunde. Wenn sie oben auf der Maarstraße neben meinem Auto hält, braucht sie noch einmal fünf Minuten zu Fuß bis hier hinunter zur mir ans Ufer.

Wie?

Ins Wasser zu gehen ist für einen Nichtschwimmer eine ziemlich endgültige Sache

Wo?

Einen besseren Ort konnte ich nicht wählen. Letzten Sonntag haben wir einen Ausflug hierher an die drei Maare gemacht. Zuerst zu den Weinfelder und Gemündener Maaren, zuletzt haben wir am Ufer des Schalkenmehrener Maars eine Rast eingelegt, lange schweigend und gedankenverloren auf die glitzernde Wasseroberfläche geblickt, als sie mir zögernd gestand, sie habe sich neu verliebt. Der Auserkorene sei ihr Chef.

Sie hat sich in einen EDEKA-Filialleiter verliebt! Wie kann sie mir das antun?

Während sie von ihm sprach, verwandelte sich das Maar vor meinen Augen in ein schwarzes Loch.

Er sei ganz anders als ich. Mehr wie sie selbst. Es mache sie einfach glücklich, mit ihm zusammen zu sein. Sie habe es nicht gewollt, es sei einfach passiert. Wie solche Dinge eben passieren.

Als ich nichts sagte, fragte sie mich, was nun werden solle.

»Du musst dich entscheiden«, verlangte ich. »Er oder ich.«

»Er«, sagte sie, ohne lange zu überlegen. »Ich kann nicht anders. Versteh mich, bitte«, bat sie und erinnerte mich ausgerechnet in diesem Moment an unsere Vereinbarung.

Ich selbst war es gewesen, der eines Tages nach einem langen, erbitterten Streit durchgesetzt hatte, dass wir mit dem kleinen, klugen Satz »Ich verstehe dich« jede Auseinandersetzung im Keim ersticken sollten.

»Ich versteh' dich ja«, behauptete ich also vereinbarungsgemäß, sprang auf, lief mit schnellen Schritten zum Parkplatz zurück, stieg ins Auto, fuhr ohne sie nach Hause.

Seitdem haben wir kein Wort mehr miteinander gewechselt. Mit wachsender Unruhe beobachtete ich, wie sie begann, ihre Sachen zu ordnen und zu packen. Niedergeschlagen war sie, das schlechte Gewissen in Person, aber fest entschlossen.

Sie ist auf einem Irrweg, warum merkt sie es nicht? Der Neue wird sie enttäuschen, keiner versteht sie so wie ich. Sie ist blind vor Liebe, sie rennt in ihr Unglück, sie wird untergehen.

Ich kann nicht tatenlos dabei zusehen. Es ist meine Aufgabe, sie auf den rechten Weg zurückzuführen. Notfalls mit drastischen Mitteln. Und in meinem Kopf reifte dieser Plan, den ich mich gerade anschicke auszuführen.

Ich blicke mich um. Weder zu Lande noch zu Wasser gibt es Personen. Auch im Himmel über mir entdecke ich nur Wolkenberge. Ich habe für mein Vorhaben nicht umsonst einen Montag gewählt.

Vorsichtig setze ich einen Fuß vor den anderen, weiche Kieselsteine und stachliges Unkraut, bis ich endlich am Ufer stehe und die erste kleine Welle meine Zehen umspült. Ich zucke zurück. Eisig ist das Wasser, obwohl es ein Montag im Juni ist. Es wird nicht leicht werden. Aber so ist das Leben.

Und dennoch war es gut – bis letzten Sonntag. Sylvia und ich sind ein ungewöhnliches Paar, das mag wohl stimmen. Unsere Charaktere, Lebensläufe und Ziele könnten nicht unterschiedlicher sein. Aber wir haben uns mit den Jahren –

immerhin waren es über zwanzig an der Zahl – zusammengerauft. Ich habe mich mit ihrer Sprunghaftigkeit, ihrem überschäumenden Temperament und ihrem Übermut abgefunden, sie hat gelernt mit meiner Schwermut, Ernsthaftigkeit und Gradlinigkeit zu leben. Sich akzeptieren und respektieren, sich einfach nur verstehen, mehr wollte ich gar nicht.

14.45 Uhr

Inzwischen wird sie sich von dem Schock erholt haben, schätze ich, den meine Nachricht in ihr ausgelöst haben muss. Sie hat alles stehen und liegen gelassen und ist ins Auto gestiegen. Sie ist unterwegs zur mir. Ich spüre, wie sie sich mir nähert.

Zeit, meine Entschlossenheit zu demonstrieren. Sie soll mich nicht ängstlich zögernd am Ufer stehen sehen, wenn sie kommt. Damit würde ich meinen Plan selbst zunichte machen.

Mein linker Fuß taucht ein, mein rechter folgt. Nach zwei Schritten reicht das Wasser mir bis zu den umgekrempelten Hosenbeinen, frisst sich in den Stoff und lässt das Braun der Hose schwarz aussehen. Ich beiße die Zähne zusammen und halte der Kälte stand, die mir mit solcher Wucht in die Glieder fährt, dass mir schwindlig wird und ich am liebsten rückwärts gehen würde. Hinaus aus diesem Eisloch. Ich atme tief aus und hebe abwechselnd das linke Bein, dann das rechte, trete wie ein Storch auf der Stelle, um meine Beine kurz an der Luft aufwärmen zu lassen.

Ich kremple die Ärmel meines hellblauen Hemdes hoch, bücke mich, paddle mit den Händen im Wasser umher, kann auf dem Grund meine Füße stehen sehen und erkenne zwischen den Wellen auf der Wasseroberfläche mein verzerrtes Spiegelbild.

Dunkle Haare, die abstehen wie ein Dornenkranz, ein schmales Gesicht, mit Sorgenfalten übersät, eine Nase, lang und seltsam gebogen, ein geöffneter Mund wie ein Loch. In Wirklichkeit sehe ich besser aus.

Auch deswegen hat sie sich damals in mich verliebt. Und sie liebt mich immer noch! Wetten? Natürlich tut sie das. Damit kann man doch nicht einfach aufhören, nur weil ein anderer auf der Bildfläche erscheint.

Habe ich das etwa getan, als die Nachbarin neben uns einzog? Hübsch und jung und einsam? Die Gelegenheit wäre da gewesen. An jenem Abend, als ich allein zu Hause war, Sylvia bei einer Freundin, und die neue Nachbarin klingelte und mich bat, nach ihrem Wasserhahn in der Küche zu sehen, weil er ständig tropfte. Natürlich bin ich mit meiner Rohrzange hinübergegangen und habe ihn repariert. Ihre Dankbarkeit war unübersehbar, aber ich bin nicht auf die Idee gekommen, es auszunutzen, als sie beim anschließenden Glas Wein auf dem Sofa näherrückte. Ich war treu.

Ich richte mich auf, trockne die nassen Hände am Hemd ab und wage mich zwei Schritte weiter vor. Erst der linke Fuß, dann der rechte. Der Untergrund ist glitschig und morastig, und kleine, dunkle Wolken aus Lehm und Erde steigen auf. Das Wasser reicht nur bis zu den Knien, aber der nasse Stoff wächst schon bis zu meinem Oberschenkeln hinauf.

14.55 Uhr

Ich drehe mich um, muss die Arme ausbreiten, um nicht umzufallen. Am Ufer stehen nur meine beiden Stiefel. Ein armseliger, endgültiger Anblick.

Sie muss jeden Moment kommen. Sicher hat sie gerade oben auf der Maarstraße geparkt und ist ausgestiegen. Hoffentlich hat sie abgeschlossen. Jetzt läuft sie den kleinen Weg *Im Bungert* hinunter. Jetzt oder gleich, jeden Moment, werde ich sie sehen.

Und sie mich. Eindrucksvoller wäre es also, wenn das Wasser mir dann schon bis zum Hals stünde.

Ich lasse die Arme sinken und die Finger wie ein Fächer durchs Wasser gleiten. Es fühlt sich harmlos weich an. Noch zwei Schritte, und mein linker Fuß rutscht in eine Senke. Noch mehr Kälte, noch mehr Nässe. Meine Füße spüre ich kaum noch, meine Waden fühlen sich steif an. Meine Beine sind schwer, als hingen Gewichte an ihnen, die mich herunterziehen.

Noch zwei Schritte. Und zwei weitere. Und zwei ...

15.00 Uhr

Gleich wird sie da sein und ihr blaues Wunder erleben. Sylvia kommt oft zu spät. Oder auf den letzten Drücker. Wie oft habe ich auf sie gewartet? Wenn man die Minuten addieren würde, käme man auf viele Tage. Wie oft habe ich ihr verständnisvoll erklärt, wie man es schaffen kann, pünktlich zu sein? Ich habe ihr sogar einen Plan in die Küche gehängt. Ich habe ihr den Wecker gestellt. Ich habe alles versucht. Vergebens wie man jetzt sieht. Selbst bei einem Anlass wie diesem kommt sie zu spät. Das macht mich traurig.

Sie wird schon kommen, sage ich mir, nicht umdrehen, geh deines Weges, geh ins Wasser, geh!

Und es nimmt Besitz von mir, Welle für Welle, von meinem Unterkörper und meinem Bauch, es rinnt mir durch den Hosenbund zwischen die Beine, breitet sich auf meinen Hüften und meinem Hintern aus, es gluckert und füllt meine Hose, es tränkt mein Hemd. Ich hebe den linken Arm, damit meiner Uhr nichts geschieht. Sinke ich oder steigt das Wasser? Kalt erwischt mich eine Welle in der Achselhöhle, die ersten Spritzer laufen über meinen Hals. Ein torfig, modriger Geruch steigt auf. Ich bin fast auf Augenhöhe mit der Wasseroberfläche, sie scheint unendlich, das Ufer Kilometer entfernt.

Mit jeder Welle schwappt eine neue Frage auf mich zu: Und wenn sie nicht kommt? Was mache ich dann? Das ist in meinem Plan nicht vorgesehen. Sie muss kommen.

Aber wenn sie es nicht tut?

Wenn sie es nicht kann, weil sie im Stau steht? Wenn sie einen Unfall hatte? Wenn sie versucht, mich telefonisch zu erreichen? Gerade jetzt? Ich angle nach meinem Handy in der Hosentasche, es ist längst ertrunken. Ich schwanke im Wasser wie ein Halm.

Was, wenn sie nach der Arbeit nicht nach Hause gekommen ist, sondern den Neuen getroffen hat? Wenn sie meinen Zettel nicht gelesen hat? Dann kann sie gar nicht kommen.

Was mache ich dann?

Dann gehe ich zurück, beschließe ich. Ich klettere hinaus. Ich gehe nach Hause. Ich tue, als ob nichts gewesen wäre. Und mache es ein anderes Mal. Wie viel Zeit gebe ich ihr? Eine viertel Stunde? Eine halbe Stunde? Eine Stunde. Ich werde erfrieren.

»Eddyyy!«, höre ich ihre Stimme hinter mir rufen.

Endlich! Erleichtert ramme ich meine Füße in den Boden. Eine Last fällt von mir ab, schwer wie ein Eimer voller Wasser. Ich stoße meinen Atem aus, von dem ich nicht weiß, wie lange ich ihn angehalten habe.

Es ist ihr nichts zugestoßen, sie ist nur spät dran, wie immer.

Nur nicht umdrehen, sage ich mir, Strafe muss sein, lass sie zappeln, lass sie leiden, lass sie büßen, lass sie betteln, lass sie flehen ...

»Eddyyyy!«

Ihre Stimme klingt nicht eben verzweifelt? Warum reißt sie sich nicht die Kleider vom Leib und kommt hinter mir hergeschwommen, um mich zu retten? Im Gegensatz zu mir kann sie schwimmen. Warum ruft sie nicht um Hilfe? Warum ruft sie nicht: »Komm zurück!«

Ich drehe mich um.

Sie ist nicht allein. Dieser Mann, dieser Chef, dieser Filialleiter, dieser Neue in ihrem Leben, er steht neben ihr, als gehöre er zu ihr.

Sie streckt beide Arme nach oben, in jeder Hand einen meiner Stiefel, mit denen sie winkt, nicht aufgeregt flatternd, sondern langsam von links nach rechts, von rechts nach links, wie ein Reisender an Bord eines vorüberziehenden Schiffes.

»Lebewohl!«, höre ich sie rufen, und ein dünnes Echo verliert sich über dem Maar.

Was ruft sie da? Ich beginne den Halt im Wasser zu verlieren.

»Lebewohl!«

Meine Beine werden nach oben getrieben. Ich rudere mit den Armen, eine Welle läuft mir in den Mund.

Sie lässt die Stiefel sinken und zuckt mit den Schultern. Der Neue legt einen Arm schützend um sie. Sie lehnt ihren Kopf an seine Schulter. Durch ihren Körper geht ein Zucken, sie weint. Er tröstet sie und drückt sie an sich. Mit letzter Kraft hebt sie noch einmal die Hand und winkt mit dem linken Stiefel.

»Ich versteh dich ja!«

Fassungslos starre ich ans Ufer. Meine Gedanken überschlagen sich. Wenn sie gegangen sind, werde ich hinausklettern und untertauchen. Ich werde irgendwo versuchen, alles zu vergessen und ein neues Leben zu beginnen. Sie sollten bald gehen, ehe ich an Unterkühlung sterbe.

Aber das in Trauer vereinte Paar geht nicht weg, es setzt sich auf die Bank, faltet die Hände im Schoß und wartet geduldig wie auf einer Beerdigung, fest entschlossen, mir in meiner letzten Stunde beizustehen.

Da wird mir klar, dass ich keine Wahl habe, wenn ich auch nur einen letzten Funken Würde und Ehre in mir trage.

Mein Gesicht ihnen zugewandt gehe ich langsam in die Knie. Das Wasser steigt über mein Kinn, meinen Mund, meine Nase, meine Augen, meine Stirn. Ich hebe den linken Arm und winke. Halbblind starre ich gegen das trübe Wasser des Maars.

Ich winkle meine Beine an und lasse mich auf den Grund fallen. Über mir steigen Luftblasen auf. Eine ungewohnte Zufriedenheit durchströmt mich, eine Genugtuung. Als ich lächle, laufe ich voller Wasser. Egal. Mein Part ist in der Geschichte der Bessere.

Mit meinem Tod müssen *sie* leben, nicht ich.

P hinter Tür

Huch!
Was war das?

Wozu sollte das denn gut sein?

Unfassbar!

Das hätte sie ihm nie zugetraut!

Ausgerechnet Konrad, der immer so tut, als könnte er keiner Fliege etwas zu Leide tun. Der brave Konrad mit der sanften Stimme, den kleinen, weichen Händen und den dünnen Oberarmen. Der rücksichtsvolle, harmoniesüchtige, kompromissbereite, schüchterne Konrad, der zu allem »Ja, ich weiß« sagt. So wie damals, als sie ihm sagte, dass er mal langsam um ihre Hand anhalten könne. So wie vorhin, als sie ihm zum hundertsten Male sagte, der Mülleimer sei wieder einmal voll.

Genau dieser Konrad hat vorhin einfach seine kleinen, weichen Hände um ihren Hals gelegt und zugedrückt, wie ein echter Mann.

Sie hat sich gewehrt nach allen Regeln der Kunst, sie hat getreten und geboxt, sie hat gespuckt und ihn mit großen, hervorquellenden Augen drohend angestarrt. Aber er hat nicht hingesehen und immer weiter gedrückt. Schreien konnte sie nicht, reden erst recht nicht, sonst hätte sie ihn natürlich aufgefordert, sofort mit dem Blödsinn aufzuhören. Und er hätte auf sie gehört, darauf können Sie wetten, sie ist ihm auch rhetorisch überlegen. So aber konnte er in aller Ruhe immer weiter zudrücken. Bis sie tot war. Und es blieb.

Auf ihrem Küchenboden hat sie noch nie gelegen. Es ist alles andere als interessant, sondern einfach nur unbequem und kalt. Auf den Fliesen liegen – wie sie aus dem Augenwinkel erkennen muss – einige Brotkrümel verstreut. Typisch Konrad, er braucht sich nur ein Brot zu schmieren, und schon ist die Küche ein Schlachtfeld! Und den Mülleimer hat er natürlich immer noch nicht hinuntergebracht. Dass Müll einmal das Letzte sein würde, was sie sagen würde, hätte sie nicht für möglich gehalten. Sie hat kein besonderes Verhältnis zu ihm. Der Eimer steht neben ihr und stinkt. Und sie kann nichts dagegen tun. Sie kann überhaupt nichts tun. Diese Zeiten sind vorbei.

Außerdem ist sie enttäuscht.

Ermordet zu werden, hat sie sich viel aufregender vorgestellt. Dramatischer. Weltbewegender. Aber die Zeit ist nicht stehen geblieben. Die Küchenuhr tickt weiter munter vor sich hin, als sei nichts geschehen. Im Radio unterbrechen sie nicht die Sendungen und legen keine Schweigeminute ein. Es geht keine Sirene durchs Land. So weit sie durch die Gardinen sehen kann, hängen draußen nirgendwo Fahnen auf Halbmast. Im Treppenhaus gehen wie gewöhnlich Schritte auf und ab.

Sie erkennt ihre Nachbarn an ihrem Gang. Frau Nießen schlurft, die junge Frau Eller stöckelt auf Pfennigabsätzen, Herrn Stiepelmanns Gummisohlen quietschen. Tim und Nick, die beiden Jungen aus dem vierten Stock, nehmen immer zwei Stufen auf einmal.

Niemand kümmert sich um die arme, tote Edelgard Wollenweber, geborene Hufschmidt hinter der rechten Tür im zweiten Stock.

Wie oft hat sie schon in der Zeitung gelesen, dass eine Person erst Wochen nach ihrem Tod in ihrer Wohnung gefunden wurde? Und nur deshalb, weil der Gestank, der durch die Türritzen drang, den Nachbarn endlich aufgefallen war.

»P hinter Tür«, heißt das im Polizeijargon.

Das muss kein Vergnügen für die betreffende Person sein. Das ewige Warten, riechen, wie man verfällt, erleben, dass man nicht vermisst wird.

Ihr wird das nicht passieren. Konrad wird gleich zurückkommen. Das schlechte Gewissen wird ihn nach Hause treiben. Gleich wird sie seinen Schlüssel im Schloss hören. Hören, wie der Mantel zu Boden fällt, obwohl sie ihm schon hundert Mal gesagt hat, er soll ihn gefälligst sofort an die Garderobe hängen. Er wird seine schmutzigen Schuhe einfach anlassen, das lernt er nicht mehr. Welche Ausrede er wohl dieses Mal haben wird? Ihren Tod?

Und dann wird er in der Tür stehen: Mit dickem, weißem, ängstlichem Gesicht, offenstehendem Kragen, aus dem ein paar krause Haare ragen, verknittertem Hemd, dessen Knöpfe sich über seinem Bauch spannen, ungebügelter Hose und dreckigen Schuhen. Sie könnte schwören, dass er so aussehen wird, denn sie lag schon auf dem Küchenboden, als er sich heute Morgen anzog, und konnte nicht mehr darauf achten, dass er das Haus einigermaßen ansehnlich verließ. So wird er in Zukunft immer aussehen. Seine Mutter ist schon lange tot. Und er kann sich keine Neue suchen, weil sie unersetzlich sind, Mutter und Ehefrau. Jedenfalls hat er das immer gesagt. Außerdem, wer will schon einen Mann wie Konrad?

Gleich wird er sich über sie beugen und sich entschuldigen. Er wird flehen und bereuen. Er wird an ihr rütteln und versuchen, sie zum Leben zu erwecken. Er wird sich auf sie werfen, heulen und schluchzen. Aber sie wird ihm nicht den Gefallen tun. Mit Gefallen aller Art ist es nun vorbei. Das hat er nun davon.

Sie hat, um ehrlich zu sein, nicht mit Konrad als ihrem Mörder gerechnet. Eigentlich ist sie davon ausgegangen niemals ermordet zu werden, da sie ein unauffälliges Leben geführt hat und bis heute weder in Kontakt mit irgendwelchen zwielichtigen Gestalten noch in ein zweifelhaftes Milieu geraten ist.

Wenn überhaupt, dann hätte sie sich aber einen leidenschaftlichen Südländer, mit feurigem Blick, wild wucherndem Schnurrbart und schwarzem Umhang auf schwarzem Pferd als Mörder gewünscht, der ihr aus Eifersucht oder unerwiderter Liebe sein Schwert ins Herz rammt, sich sofort danach dasselbe antut, nur um sich mit ihr im Jenseits auf ewig vereinen zu können. Das wäre schön gewesen!

Träumen darf man ja mal. Träumen da nicht irgendwie alle Frauen von? Na ja, manche träumen auch vom weißen Prinzen auf weißem Pferd, der sie ins Märchenland entführt, je nach Konstitution.

Wie auch immer, sie hatte jedenfalls mit Konrad vorlieb nehmen müssen. In guten wie in schlechten Zeiten. Wie im Leben so auch im Tode. Konrad Wollenweber. Diesem Konrad hat sie ein halbes Leben geopfert. Und er? Er beendet es völlig willkürlich. Wegen eines Mülleimers. Noch dazu an einem Tag, an dem sie wirklich Besseres zu tun hat.

Sie hat noch nicht einmal gefrühstückt. Geduscht hat sie auch noch nicht. Sie trägt noch den Schlafanzug, ein ausgeleiertes, verfärbtes Teil, das eigentlich nur noch vor Konrads Augen Bestand hat. Ihre linke Socke hat ein Loch in der Ferse. In einer guten Stunde muss sie beim Friseur sein. Waschen, Schneiden, Färben und Legen. Ihre Haare sind ungewaschen, der dunkle Ansatz ist deutlich zu erkennen, der Schnitt herausgewachsen. Heißt es nicht, bei Toten wachsen die Haare immer weiter? Sie wünscht, sie könnte sich im Spiegel sehen. Ach nein, lieber doch nicht.

Und heute Abend hat sie Stammtisch. Sie wollte ihren Freundinnen endlich ihr neues, blaues Leinen-Kostüm vorführen! Sie hat wochenlang danach gesucht, und Konrad hat einen Haufen Geld dafür hinlegen müssen – ganz umsonst, wie sich nun herausstellt. Das kommt davon, wenn man unüberlegte Dinge tut – wie einen Mord im Affekt. Wie sie ihn kennt, wird er versuchen, das Kostüm umzutauschen. Aber die Quittung wird er nicht finden, ha, die hat sie gut versteckt! Zwischen ihren Slips, da geht er nicht dran, so verklemmt, wie er ist. Das blaue Kostüm wird ein Symbol ihres gewaltsamen Endes sein, so wie der volle Mülleimer.

Und das neue Sofa. Sie hat es schon vor Wochen bestellt, ohne Konrad etwas davon zu sagen. Es kommt morgen. Das Sofa kann er genauso wenig umtauschen, weil es eine Maßanfertigung ist. Er wird keine Freude daran haben, weil er Barock nicht ausstehen kann. Aber selbst wenn er seine getigerte Plüschdecke darauf legt, wird das Sofa ihn immer an seinen ersten Mord erinnern. Seine Schenkel und sein Hintern werden brennen wie Feuer bis zum Ende seines Lebens. 8.30 Uhr zeigt die Küchenuhr.

Das Telefon hat die ganze Zeit noch nicht ein einziges Mal geklingelt. Das ist allerdings ungewöhnlich. Katja ruft jeden Morgen an. Es muss jeden Moment klingeln. Aber sie wird nicht drangehen. Hier, vom Küchenboden aus, wird sie mithören, was Katja auf den AB spricht. Antworten kann sie sowieso nicht. Sie ist gespannt, was Katja zu erzählen hat. Angeblich hatte sie gestern Abend ein Date. Sie kann sich nicht vorstellen, wer sich in die alte Schachtel noch verlieben soll.

Zurück zu Konrad. Den Sommerurlaub, ja, den kann er noch stornieren, wenn er sich beeilt. Sie wollten wieder nach Mallorca. Konrad wollte eigentlich wie all die Jahre zuvor lieber in die Berge, aber das kam natürlich nicht infrage. Was soll sie auf der Alm? Nur über meine Leiche, hat sie immer gesagt. Sie will shoppen, am Strand liegen und flanieren. Sie will gesehen werden. Nicht nur von Kühen.

Berge kann er ja jetzt haben, wo sie tot ist, jetzt, wo er allein ist. Viel Spaß, Konrad, hoffentlich wirst du glücklich dabei! Berg rauf, Berg runter, jeder Schritt eine Qual, vor lauter schlechtem Gewissen. Denn das wirst du haben, Konrad, dafür werde ich schon sorgen. Meine Signale werden dich erreichen.

Zu Lebzeiten sagte man ihr telepathische Kräfte nach. Sie werden ihr nicht wegen eines Todesfalles verloren gegangen sein. Im Gegenteil. Vermutlich werden sie sich nun bei zwangsläufig eingeschränkter Sinneswahrnehmung verdoppeln oder gar verdreifachen. Wie das Gehör bei Blinden, die Augen bei Tauben. Sie probiert es aus und sendet Signale, heftige Signale an Konrad.

Komm zu mir nach Hause, Konrad, komm nach Hause.

Sie friert. Sie würde sich so gern aus dem Schlafzimmer eine Decke holen. Ihr ist so kalt. Durch und durch, von den Fingerspitzen bis zu den Zehen ist sie ein Eiszapfen. Dabei ist doch Frühling. Das Küchenfenster ist auf Kipp, die Vögel zwitschern, aus den Autos dringt Musik.

Auch ihr Kissen vom Bett hätte sie gern. Für den Kopf. Der Boden ist so hart. Morgen wird sie Migräne haben und nicht wissen, wohin mit ihren Schmerzen. Langsam meldet sich auch ihre kaputte Bandscheibe. Aber auf ihren Rücken hat Konrad noch nie Rücksicht genommen. Wenn er sie wenigstens auf die Seite oder auf den Bauch gedreht hätte.

Sie muss eingeschlafen sein, denn als sie wach wird, ist es dunkel in der Küche. Die Uhr zeigt 20.35 Uhr, als sie Konrads Schlüssel im Schloss hört. Endlich! Er ist spät dran. Sie hört seine Stimme, er flüstert. Und eine zweite Stimme, die leise brummt. Noch eine Männerstimme. Er ist nicht allein? Das ist ja ganz etwas Neues. Seit wann hat Konrad wieder Freunde?

Er hat ihr ganz zu Anfang ihrer Ehe ein oder zwei vorgestellt, aber schnell eingesehen, dass sie nichts für ihn waren und sie nie wieder eingeladen. Ihre Freundinnen dagegen kommen öfter. Konrad sagt, er mag sie, auch wenn er dann immer auf sein Zimmer geht. Sie mögen ihn auch, denn sie hat ihnen noch nicht in allen Einzelheiten erzählt, was für ein Schwachkopf er ist. Sie will sich nicht blamieren.

Konrad macht Licht in der Diele. Es rumpelt. Sie kann das Geräusch nicht einordnen. Es hört sich an, als ob etwas hereingeschoben würde. Was könnte das sein? Die Küchentür wird aufgedrückt, die Deckenlampe direkt über ihr wird eingeschaltet. Aber sie kann nicht einmal die Augen vor dem grellen Licht schließen.

»Das ist sie«, sagt Konrad, der als Erster eintritt. Sein unbekümmerter Ton wundert sie ein bisschen. Sein Gesicht, das sich nun über sie beugt, sieht auch nicht verquollen vom vielen Weinen aus. Er ist wirklich tapfer. Nur seine Kleidung ist so nachlässig, wie sie es erwartet hat. Ihr Blick spricht Bände.

Sieh, was du ihr angetan hast, Konrad, sieh es dir an!

Ein anderer Mann tritt zu ihr. Er trägt einen weißen Kittel und hat einen Notfall-Koffer in der Hand. Ein Notarzt! Das ist gut. Aber ein Mann, das ist nicht gut. Es wäre ihr lieber gewesen, wenn eine Frau sie ausgezogen und untersucht hätte.

Aber er sieht kompetent aus. Er wird feststellen, dass sie nur scheintot ist und ihr Gehirn noch funktioniert. Er wird sie wiederbeleben und dann kann Konrad sich warm anziehen. Das Einzige, was sie jetzt noch fürchtet, ist die Mund-zu-Mund-Beatmung.

Aber der Mann denkt nicht daran sie zu untersuchen. »Die ist wirklich tot, Konrad«, sagt er stattdessen.

Konrad sagt: »Ja, ich weiß.«

Sie bekommt erst einen Heidenschreck, dann einen Wutanfall. Dieser Mann ist alles, nur kein Arzt. Und Konrad merkt es nicht einmal.

Ein falscher Freund, Konrad, er ist ein falscher Freund.

Sie hat Konrad immer schon vor seinen Freunden gewarnt. Sie haben einen schlechten Einfluss auf ihn. Der Mann hat sich verkleidet, der Mann ist ein Versager, wie Konrad.

Konrad lässt sie mit ihm in der Küche allein und kehrt kurz darauf mit einigen Kleidungsstücken zurück. Die Männer ziehen sie an, ohne ihr vorher den Schlafanzug ausgezogen zu haben. Die Garderobe, die Konrad zusammengesucht hat, kann in keiner Weise »harmonisch aufeinander abgestimmt« genannt werden, obwohl er weiß, dass sie darauf größten Wert legt. Er nutzt ihre Lage schamlos aus. Man wird sich im Krankenhaus Gedanken über sie machen. Aber später, wenn sie wieder gesund sein wird, kann sie alles erklären.

Als sie wie ein Papagei in der Mauser aussieht, sagt der Mann: »Hol den Rollstuhl rein, Konrad.«

Sie wollen sie also in ein Krankenhaus bringen. Gut. Und gut, dass Konrad gehorcht. Er ist seinem neuen Freund schon hörig, wusste sie es doch. Die beiden Männer heben sie hoch, nehmen Schwung, zählen dabei bis drei und hieven sie in den Rollstuhl. Konrad hat vergessen, die Bremsen anzuziehen. Sie fährt rückwärts gegen die Wand und schlägt sich den Kopf auf.

»Mensch«, schimpft Konrads falscher Freund. »Pass doch auf!«

Konrad entschuldigt sich, aber nicht bei ihr, an deren Hinterkopf sich vermutlich eine Platzwunde ausbreitet, sondern bei seinem falschen Freund. Sein Glück, dass sie keine Schmerzen spürt.

Sie legen ihre Hände auf die Lehnen und sortieren ihre Beine und Füße. Sie binden alles fest, auch ihren Rumpf. Sie fahren eine Kopfstütze aus, an der sich ihr Kopf anlehnen kann, ohne wegzurollen. Zum Schluss ziehen sie die Kapuze ihres Sweatshirts so weit über ihr Gesicht, dass kein Schaulustiger es erkennen kann.

Sie spürt, wie ihre Kräfte sie allmählich verlassen.

Beeil dich, Konrad, beeil dich! Es geht hier um Sekunden.

Er scheint sie gehört zu haben – ihre telepathischen Kräfte funktionieren also doch noch – denn jetzt treibt er seinen Freund an. Es geht plötzlich ganz schnell. Aus der Wohnung in den Fahrstuhl, zwei Stockwerke hinab, vom Fahrstuhl nach draußen, in einen Transporter, Rollstuhl zusammengeklappt, Türe zu, alles einsteigen, Abflug.

Alles wird gut.

Aber dann fahren sie am Städtischen Krankenhaus vorbei!!! Sie sieht ganz deutlich das Gebäude an der Seitenscheibe vorbeiziehen. Sie kann es nicht fassen. Sie will schreien, winken, treten, toben ... nichts von alldem geht. Sie sendet wie der Teufel Signale von der Rückbank:

Kehr gefälligst um, Konrad, kehr um!

Bringen sie sie in ein Spezial-Krankenhaus in einer anderen Stadt? Bestimmt, beruhigt sie sich, sie ist ein Sonderfall. Es sieht so aus, denn sie verlassen die Stadt. Aber dann biegen sie von der großen Straße auf einen Seitenweg ab. Nach einer Weile halten sie an einem Waldrand, hinter dem sich ein steiler Abhang befindet.

Sie zerren sie aus dem Auto und wickeln sie in eine schwere, grüne Plastikplane, die sie aus dem Kofferraum geholt haben. Und dann ist sie plötzlich nicht mehr nur unbeweglich, sondern auch blind. Sie wusste vorher nicht, wie schwarz Schwarz sein kann. Sie spürt, wie die Männer

Spanngurte um sie legen und sie festzurren. Sie ist ein Paket.

Sie schleifen sie ein Stück über den Weg und rollen sie dann den Abhang hinunter, ihre Reise endet an einem harten Widerstand. Sie hört, wie sie hinter ihr herlaufen, sie bewerfen sie mit irgendetwas. Nicht mit Steinen, mit Ästen und Erde und Grasbüscheln schätzt sie. Hundert Mal!

Sie fürchtet, ihre Signale werden die Planen nicht durchdringen, aber sie sendet sie trotzdem, heftige Signale:

Hör endlich auf, Konrad, hör auf!

Konrad gehorcht und hält die Hand seines Freundes fest: »Hör auf! Das reicht. Niemand wird sie finden.«

Ihre Schritte entfernen sich.

Lass mich nicht hier liegen, Konrad, lass mich nicht hier! Ich bin doch deine Frau!

Prompt bleibt Konrad stehen, dreht sich noch einmal um, sagt: »Ja, ich weiß« und lässt sie liegen. Autotüren schlagen zu, der Motor wird angeworfen. Sie hört Reifen auf dem Sandweg knirschen und die lange Stille, die auf das Verschwinden des Autos folgt.

Eine Stille, die nicht aufhört.

Jenseits von Blankenheim

Kennen Sie Blankenheim?

Es liegt am südlichen Ende der A 1. Und danach gibt es vorläufig weit und breit keine Autobahn mehr, erst bei Daun oder Prüm wieder.

Jenseits von Blankenheim liegt ein großer Teil der Eifel. Mit großen und kleinen Menschensiedlungen. Eine davon ist Oberpreth.

Kennen Sie Oberpreth?

Es liegt oberhalb von Unterpreth.

Idyllisch ist Oberpreth. Tagsüber geht jeder seiner Beschäftigung nach, aber die Abende können sehr lang werden. Besonders im Winter.

Und es war Winter, als sich folgende – verbürgte – Geschichte in Oberpreth zutrug, wo unter wenigen anderen auch Gerd und Anke Schmidtheim lebten.

Sie waren Geschwister, nicht Witwer, sondern unverheiratet in die Jahre gekommen. Seit dem Tode ihrer Eltern waren sie ganz auf sich allein gestellt, denn ihr Hof lag obendrein abseits. Gerd half Anke im Hofladen mit den schweren Gemüsekisten, und Anke half Gerd bei seiner Krankheit.

Gerd hatte es am Herzen. Dafür hatte er durchsichtige Tropfen. Digitalis, nannte Frau Dr. Sommer aus Blankenheim sie, und hatte Anke alles haarklein erklärt. Sollte Gerd einen Anfall bekommen, musste er innerhalb von zehn Sekunden zehn Tropfen Digitalis einnehmen. Das war einfach, das konnte sich Anke gut merken.

Einen Anfall würde sie selbst beim Fernsehen nicht überhören können, denn er ging nicht gerade geräuschlos vonstatten. Erst blies Gerd die Backen auf, um dann die Luft langsam und stückchenweise mit einem schnappenden Gerassel wieder auszustoßen. In diesem Stadium konnte Anke sowieso nichts mehr verstehen.

Anke sah am liebsten Liebesfilme. Wenn auf keinem der 26 Sender einer lief, ging sie an den Wohnzimmerschrank, zog die unterste, tiefe Schublade auf und seufzte inbrünstig hinein. Dort lagen ihre Schätze. Videofilme. *Der Englische Patient, Die Brücke am Fluss* und *Jenseits von Afrika.*

Ralph Fiennes, Clint Eastwood und Robert Redford waren ihre ganz persönlichen Herzensbrecher. Niemand wusste, wie viele Stunden und Tränen ihres Lebens sie diesen drei Herren bereits geopfert hatte. Wenn sie alle vollgeheulten Taschentücher zu einem Berg stapeln würde, könnte sie darüber zwar feuchten, aber weichen Fußes mühelos auf den höchsten Berg der Eifel, die Hohe Acht, hinüberwechseln. Aber was sollte sie dort?

Jenseits von Afrika war Ankes erklärter Lieblings-Liebesfilm. Leider war keine Rede davon, aber sie hätte sofort alles in Oberpreth stehen und liegen gelassen und mit Meryl Streep getauscht, die mit Robert Redford spielen durfte. Und nicht nur das. Sie durfte für ihn Kartoffeln schälen, kochen, Geschirr abwaschen und Wäsche waschen … ach, und was Robert erst alles mit ihr machen durfte Es war einfach zum heulen.

Anke ahnte, dass sie nicht Roberts Typ war. Sie hatte auch keine Ähnlichkeit mit Meryl. Nicht im Entferntesten. Aber das störte sie nicht.

Ihr Bruder Gerd hingegen sah am liebsten Sportsendungen. Dabei bekam er nie einen Anfall. Aber wenn *Jenseits von Afrika* lief – so kam es Anke vor –, hörte er besonders oft auf zu atmen und begann nach Luft zu schnappen. Und immer an den allerbesten Stellen. Deswegen hatte Anke sich angewöhnt, ihm vor dem Film prophylaktisch zehn durchsichtige Tropfen in sein Bier zu geben, das er sich zum Abendessen genehmigte.

Auch an jenem Abend, als sich Ankes und Gerds Leben von Grund auf ändern sollte.

Gerd war nach dem Bier wie immer bereits während der Tagesschau in seinem Sessel eingeschlafen. Auf leisen Sohlen versorgte Anke sich mit dem Nötigsten: einer Doppelpackung Tempos, einer Doppelpackung Chips und der Filmkassette. Sie schaltete um auf Videobetrieb – und los ging es.

Allein die Musik trieb Anke schon die ersten Tränen in die Augen, da hatte noch keiner was gesagt. Es war wunderbar.

Doch ausgerechnet als die Feuersbrunst begann sich über die Kaffeeplantage auszubreiten, verschwand die ganze Szenerie einfach mit einem Handstreich von der Bildfläche, als wäre sie eine Fata Morgana gewesen. Ohne eine Vorwarnung oder eine Erklärung. Alles schwarz. So schwarz.

Anke wischte sich die Augen trocken und wollte es nicht wahr haben. Sie fingerte irritiert an den Fernbedienungen von TV und Videorecorder herum. Vor und zurück. Aus und Ein. Alles ohne Erfolg.

Als der Videorekorder die Kassette ausspuckte, sah Anke, was geschehen war.

Bandsalat.

Mit einer Pinzette versuchte sie das verhedderte Band aus dem Rekorder zu pulen. Millimeter für Millimeter befreite sie es, vorsichtig, denn Robert wehzutun, wäre ihr furchtbar gewesen. Dass sie eine besonders arg mitgenommene Stelle küsste, das ging wirklich niemand etwas an. Es sah ja auch niemand. Oder?

Ein Blick zu Gerd. Er schlief doch. Oder? Nein, er blies die Backen auf. Warum tat er ihr das an? Gerade jetzt! Sie zählte bis zehn.

»Einen Augenblick noch, Robert, eh, Gerd. Gleich.«

Bei 15 war das Band straff aufgewickelt.

Bei 16 war es eingelegt.

Bei 18 war es an die Unglücksstelle zurückgespult.

»Halt durch, Robert, eh, Gerd«, rief sie aufgelöst.

Gerd sendete Stille aus.

Bei 20 überprüfte Anke den Schaden. Es waren nur ein paar Schrammen mehr zu sehen, als der Film sowieso schon hatte.

Bei 28 brannte das Feuer wieder lichterloh, das Dach der Kaffeeplantage brach in sich zusammen und brennende Menschen irrten wie Fackeln umher …

Ankes Versuche, Gerd zu neuem Leben zu erwecken, schlugen fehl. Umgehend teilte sie Frau Dr. Sommer per Telefon die schlechte Nachricht mit. Diese versprach, so schnell wie möglich zu kommen. Allerdings wohnte sie ja nicht in Oberpreth, sondern in Blankenheim. Und es gab keine Autobahn, sondern nur enge, gewundene Landstraßen.

Erst nachdem Robert Redford mit dem Flugzeug abgestürzt, auf einem einsamen Hügel beerdigt und Meryl Streep nach Dänemark zurückgekehrt war, klingelte Dr. Sommer an der Haustür. Anke schaltete den Fernseher aus und öffnete.

Frau Dr. Sommer war eine kräftige, resolute Person. Sie war ungehalten, als sie Gerd da bleich und wächsern in seinem Sessel hängen sah. Ohne ihn überhaupt einer Untersuchung zu unterziehen, polterte sie sofort los. »Frau Schmidtheim, haben Sie denn nicht bemerkt, wie es ihm schlechter ging?«

Anke zuckte mit den Schultern.

»Was mussten Sie denn so Wichtiges tun, dass Sie nicht besser auf Ihren Bruder aufpassen konnten?«

»Ich habe ferngesehen«, gab Anke kleinlaut zu.

»Es gab doch heute Abend gar nichts Vernünftiges. Was haben Sie denn gesehen?«

»Video«, hauchte Anke und fügte nach einer Weile hinzu: »*Jenseits von Afrika*.«

Frau Dr. Sommer sackte auf die Couch, als hätte sie der Schlag getroffen, die Polster knickten unter ihr ein. »Ehrlich?«

»Der Film ist noch drin.«

Sehnsüchtig starrte Frau Dr. Sommer auf den schwarzen Bildschirm und seufzte.

»Wollen Sie ihn sehen?«

Sie nickte heftig. »Wenn es Ihnen nichts ausmacht, ihn noch einmal zu sehen?«

Welche Frage!

Als die Musik begann, blickte Frau Dr. Sommer bedauernd auf Gerd und meinte: »Irgendwie ist der Arme ja jetzt auch jenseits.«

»Jenseits von Afrika«, mahnte da eine Stimme unheilschwanger aus dem Fernseher.

»Jenseits von Blankenheim«, murmelte Anke enttäuscht.

»Aber nein!«, rief Dr. Sommer. »Ist nicht jeder Ort irgendwie jenseits von Afrika?«

So hatte Anke das noch nie gesehen. Gerd hatte es gut, er war am Ziel ihrer Träume.

Als Meryl Streep zum hundertsten Male erfuhr, dass ihr Gatte sie mit Syphilis angesteckt hatte, blies Gerd die Backen auf und begann geräuschvoll und schnappend zu atmen.

»Jetzt nicht, Herr Schmidtheim«, sagte Frau Dr. Sommer ungehalten, griff nach der Fernbedienung und stellte den Ton lauter.

Und über Ankes Gesicht huschte ein seliges Lächeln.

Haus am See

Sie hat geschrieben, sie kommt.

Es ist ein grauer Tag. Es regnet. Ein schwacher Wind weht die Wassertropfen wie einen Vorhang auf meinen Balkon. Erst tauchen ein paar dunkle Punkte auf dem Boden auf, inzwischen verläuft ein nasser Streifen entlang der Brüstung, der die Fliesen glänzen lässt. Ich bin einen Schritt zurückgetreten, um keine nassen Füße zu bekommen. Der Balkon ist schmal, sodass meine Fußspitzen auf dem nassen Streifen bleiben müssen. Ich spüre die Nässe durch die Pantoffel. Denn ich stehe schon eine Weile hier. Nasse Füße sind aber ein kleines Problem verglichen mit dem anderen, das sich vor mir auftürmt.

Ich werde gleich auf die schmale Brüstung klettern und hinunterspringen. Ich wohne im vierten Stock, über den Kronen der Bäume. Unten verläuft eine Straße. Das Ergebnis kann man sich leicht vorstellen. Es ist erwünscht.

Ich zögere noch, weil die Brüstung sehr schmal ist. Und jetzt auch noch nass. Auch wenn ich mich an Wäscheleine und Hauswand klammern werde, sobald ich oben angekommen bin, werde ich fallen. Selbst wenn ich ein Meister der Balance wäre.

Keine Gelegenheit werde ich da oben haben, für den Schritt in den Abgrund bewusst auszuholen. Aus dem gleichen Grund konnte ich ihn auch vorher nicht ausprobieren. Einmal da oben werde ihn nicht mehr verschieben oder gar verwerfen können. Letzteres habe ich nicht vor, weil es keine Alternative gibt.

Denn *Cherry* hat geschrieben, sie kommt heute.

Wieder ein Blick auf die Uhr – obwohl ich nicht weiß, wann sie kommt. Soll ich auf sie warten? Ich würde sie gern einmal sehen. Nur einmal. Nur ganz kurz. Ich kenne sie nur von einem Foto.

Sie hat es mir im Anhang einer Mail geschickt. Ich habe es ausgedruckt, in einem Copyshop vergrößern lassen und über das Fußende meines Bettes gehängt.

Sie ist eine makellose Schönheit. Sogar der Mann aus dem Copyshop hat es bemerkt. Nicht, dass ich unbedingt eine schöne Frau gesucht hätte, eigentlich kommt es mir mehr auf den Charakter an. Aber da das Schicksal in der virtuellen Gestalt von www.verliebdich.de uns nun einmal zusammengebracht hat, habe ich das Beste daraus gemacht und ihr auch ein Foto geschickt.

Keines von mir. Es steckte schon in dem Rahmen, den ich beim Fotohändler gekauft habe. Ein Portrait. Ein junger, übermütig lachender Mann mit einem schmalen Gesicht, dichtem, mittelblondem Haar, strahlend weißen, geraden Zähnen, und blauen, fröhlichen Augen. Er war braungebrannt, trug ein weißes Hemd und einen dunkelblauen Pullover mit V-Ausschnitt. Er hat mir gleich gefallen, als ich ihn im Schaufenster sah. Ich fand, er passte zu ihr.

Ich habe das Foto herausgenommen und für sie eingescannt. Für mich habe ich es im Copyshop vergrößern lassen und neben ihr Foto gehängt. Ich habe für uns ovale, goldene Bilderrahmen gekauft. Wenn ich im Bett liege, erinnert mich der Anblick der beiden Bilder an den Anfang einer Ahnengalerie. Und vor meinem inneren Auge sehe ich einen Stammbaum, der sich unendlich verzweigt. Vor uns war nichts.

Ich habe versucht auszusehen wie auf meinem Foto. Ich habe mir ein weißes Hemd und einen dunkelblauen Pullover mit V-Ausschnitt gekauft. Ich habe vor dem Spiegel versucht zu lachen wie er. Ich habe meine Haare gekämmt wie er. Es nützte nichts. Pullover und Hemd blieben das Einzige, worin wir uns ähneln.

Sie darf es nie erfahren. Ein Treffen zwischen uns war für immer ausgeschlossen. Als mir das bewusst wurde, habe ich mir keine große Mühe mehr mit der Wahrheit gemacht.

Ich habe den Mann erfunden, der ich immer sein wollte. Aus dem Unsportlichen, der über seine eigenen Füße fiel, ein Jogger und Biker. Aus dem Ängstlichen einen Abenteurer und Chef über zehn Angestellte. Aus meinem rostigen Fahrrad einen Alpha Romeo. Aus meiner Zwei-Zimmerwohnung ein Haus am See.

Es hat mir großen Spaß gemacht, mich neu zu erfinden. Und mit der Zeit fand ich mich sogar wieder in diesem Mann, den ich *charmingboy* taufte. Sie nannte sich *cherry26*.

Cherry schrieb mir jeden Tag lange Mails, wir telefonierten auch übers Handy und flüsterten ergriffen ins Telefon. Sie war trotz ihrer auffallenden Schönheit ein einfacher, bescheidener Mensch geblieben. Von Beruf Krankenschwester, der Beruf sagt ja wohl alles. Sie suchte einen starken Mann an ihrer Seite, auf den sie sich jederzeit verlassen konnte. Ihre Stimme klang sanft und ein bisschen schüchtern. In meiner schimmerte jeden Tag ein wenig mehr der Beschützer durch. Sie verfehlte ihre Wirkung nicht.

Eines Abends kurz vor Mitternacht gestand sie mir, sie habe sich in mich verliebt. Das wäre ihr noch nie passiert. Ich hatte es schon geahnt. Erging es mir nicht ebenso?

Ein Treffen schoben wir trotzdem hinaus. Sie wollte den Zauber, der in jedem Anfang liege, möglichst lange bewahren, sich der träumerischen Illusion möglichst lange hingeben, die Spannung zur Hochspannung reifen lassen, mit der Distanz die Leidenschaft befeuern. Sie konnte sehr poetisch sein. Mir war das nur recht.

Aber plötzlich wendete sich das Blatt. *Cherry* schrieb mir, dass sie mich unbedingt sehen müsse. Sie müsse mir etwas Wichtiges sagen und dabei in meine Augen sehen, meine Stimme hören, mich berühren und vielleicht noch mehr. Es sei dringend.

Verstört ließ ich sie ein paar Tage auf Antwort warten und fragte mich, was geschehen sein mochte. Als ich mich wieder bei ihr meldete und sie weiter auf einem Treffen bestand, schob ich erst Besuch einer Tante, dann viel Arbeit und zuletzt eine Krankheit vor. So gewann ich ein paar Tage.

Danach schrieb sie mir, sie habe in der Zwischenzeit meinen wahren Namen herausgefunden, sie wisse nun auch meine Adresse. Nicht um mir nachzuspionieren, sondern nur, weil sie sich Sorgen um mich mache und auf jeden Fall nach mir sehen müsse, sonst könne sie kein Auge mehr zutun.

Ich beteuerte, dass es dazu keinen Anlass gäbe, da sich meine Krankheit als Irrtum herausgestellt hätte. Ich schaltete meinen Rechner aus und zog den Stecker. Ich war fassungslos. Sie machte alles kaputt mit ihrer übertriebenen Fürsorge.

In dieser Nacht wurde mir schlagartig klar, wie sie meine Identität hatte herausfinden können: sie musste eine Hackerin sein. Ich wachte schweißgebadet auf, schaltete meinen Rechner ein und ging online.

Von *cherry* war eine Mail mit hoher Priorität hereingekommen. Ich öffnete sie und las mit schreckgeweiteten Augen: »Ich komme morgen. Mach dir keine Sorgen, mein Liebling, alles wird gut.«

Ich sprang auf, lief hin und her. Meine kleine Wohnung gab nicht viele Verstecke her. Ich überlegte zu verschwinden, unterzutauchen, aber eine entschlossene Hackerin wie sie würde mich überall aufspüren. Ein Leben auf der Flucht stünde mir bevor. Ich erwog, *cherry* mit unverschämten Worten zu vergraulen, aber ich brachte es nicht übers Herz. Ich dachte sogar daran, ihr ein Original-Foto zu schicken. Aber das kam mir alles schlimmer vor als der Tod.

Was ich tun konnte, habe ich getan. Ich habe einen Küchenstuhl als Trittbrett vor die Balkonbrüstung gestellt und so nah an die Hauswand gerückt, dass ich mich an ihr hochziehen und festhalten kann.

Auf den Küchenstuhl bin ich erst gestern Abend geklettert, um die Wäscheleine über mir neu zu spannen, der hält mich aus, auch wenn er knarrt und ächzt. Ich recke mich und teste die Leine zum x-ten Mal mit zwei Fingern, sie lässt sich kaum herabziehen und springt sofort zurück wie eine Saite.

Vor dem Spannen habe ich die Wäsche von der Leine abgehängt. Der Regen war vorausgesagt und für mein Vorhaben fand ich es unpassend, wenn ich ein paar meiner Unterhosen und Socken – wie Fahnen auf Halbmast – zurückließe. Ich habe sie gefaltet und zusammengerollt und in den Schrank gelegt, ich will kein Chaos hinterlassen. Auch hätte eine volle Wäscheleine mich behindert, mir die Sicht genommen und das Festhalten erschwert.

Jedenfalls, an Leine und Stuhl wird es nicht scheitern.

Auch meine Kleidung ist passend. Ich trage das weiße Hemd unter dem dunkelblauen Pullover mit V-Ausschnitt.

Ein letzter Blick in die Welt. Ein paar Autos fahren auf der Straße, Wasser spritzt hinter ihren Rädern hoch. Die Bürgersteige sind leer, als eine kurzbeinige Erscheinung in weitem, wehendem Kleid, bunten Tüchern und aufgeweichter Frisur mit Schwung um die Ecke kommt. Sie zieht einen störrischen Mops hinter sich her. Der Hund bellt, die Frau zerrt an der Leine. Sie sollen die Letzten sein, die mich sehen, entscheide ich, einer muss es sein.

Ich steige mit dem linken Fuß auf den Stuhl und halte mich mit der linken Hand an der Hauswand fest.

»Hallo!

Unbeirrt setze ich nun den rechten Fuß auf die Brüstung und ziehe mich mit der rechten Hand an der Wäscheleine hoch.

»Hallo, Sie da!«

Irritiert halte ich einen Moment inne. Die Stimme erinnert mich an *cherrys* Stimme im Telefon. Unmöglich. Die Frau da unten ist nicht schlank, nicht blond und nicht makellos schön. Ich schüttele den Gedanken beiseite.

»Was machen Sie denn da?«

Ich ziehe den linken Fuß nach. Ich balanciere auf der Brüstung. Ich drohe zu kippen. Es geht um Leben und Tod. Der Regen beschlägt meine Brille.

Die Frau steht unter meinem Balkon. Sie kneift ein Auge gegen den Regen zusammen und schielt zu mir hoch. Ihr Gesicht ist rund und rosig. Ihre Haare kleben in nassen Strähnen auf ihrer Stirn. Ihre bunten Tücher hängen schlaff an ihr herunter. Der Hund schüttelt sich, Wassertropfen springen davon.

»Bist du etwa Herrmann? Herrmann Schultze? Schultze mit tz?«

Ich wende mich ab, blicke anklagend in den Himmel. »Bist du etwa *cherry*?«

Im gleichen Augenblick strauchle ich und falle strampelnd und rudernd durch die Äste und Blätter direkt vor ihre Füße – auf den Bauch.

Der Schmerz, der bei dem dumpfen Aufprall in meine Stirn fährt und von dort über den Nacken in den Rücken, ist unvorstellbar. Ich möchte sterben, um ihn nicht länger ertragen zu müssen.

Eine nasse Hundenase schnüffelt interessiert an meinem Hals und versucht mich mit einem Stups zurück ins Leben zu holen. Eine warme Hand streicht mir sanft über die Schultern.

Und wie durch einen langen Tunnel höre ich eine Stimme sagen: »Ich wollte es dir eigentlich schonender beibringen.«

Château Soundso

Dann wollen wir doch mal den Wein probieren, den uns Erlinger da mitgebracht hat!«, rief Alfred Graf von Alserbach nach dem ersten Gang, hob ein leeres Glas und winkte damit den Diener herbei.

Er und seine Gattin hatten auf Büttenpapier zu einem kleinen Dinner auf Schloss Alserbach geladen, ihrem malerischen Domizil an der Hessischen Bergstraße. Alfred Leuster, wie er eigentlich hieß, war nicht nur mein Gastgeber, sondern auch mein Chef und Inhaber des kleinen chemischen Betriebes in Bensheim, in dem ich mit acht weiteren Kollegen beschäftigt war. Den Adelstitel hatte er erst vor einem guten Jahr durch seine Heirat mit Charlotte Gräfin von Alserbach, einem alten hessischen Adelsgeschlecht, erworben.

Leuster trug an diesem Abend ein maßgeschneidertes weißes Dinnerjackett. Die Gräfin hatte mich in der Halle in einem langen, dunkelroten Kleid empfangen, dessen Dekolleté gewagt war. Ich sah sie an jenem Abend zum ersten Mal und wusste sofort, als sie die Marmortreppe heruntergestiegen kam, dass Leuster sie nur des Titels wegen genommen hatte, und wegen des Schlosses natürlich. Sie war eine bereits verblühte, üppige Rothaarige, deren blaues Blut durch ihre weiße, sommersprossige Haut schimmerte. Sie war keine Schönheit, auch wenn ihre Nase ziemlich adlig sein mochte. Ihre Stimme war es nicht. Sie war ein wenig zu schrill.

Ich an Leusters Stelle hätte die Gräfin nicht genommen. Auch nicht mit Schloss.

Ich hatte ein gutes Gefühl, als sich der Diener mit der Flasche Wein näherte, die ich mitgebracht hatte. Ich trinke ihn regelmäßig, es ist mein Hauswein und sein Geld wert.

Allein die Flasche! Welch ungewöhnliche Form! Kurz und bauchig, lief sie am Hals konisch zu und hatte in Bauchhöhe einen Griff aus Glas. Die Tatsache, dass ich nur eine einzige Flasche mitgebracht hatte, eingebettet in Holzwolle in einer kleinen Kiste aus Walnussholz, ließ den Wein noch kostbarer erscheinen. Die Etiketten der Vorder- und Rückseite hatte ich unter fließend warmem Wasser gelöst, auch vom Korken hatte ich die dunkelrote Metallkappe sorgsam entfernt. Der Wein sollte nicht den Eindruck von Massenware erwecken.

Der Diener hatte die Flasche bereits entkorkt, eine weiße Serviette um ihren Hals geschlungen und schenkte auf Geheiß Leusters Kristallglas halbvoll, während der Wein im Glas der Gräfin gerade den Boden bedeckte. Das dunkle Rot leuchtete satt und leicht lilafarben.

Leuster hob sein Glas, ließ es mit gekonntem Schwung kreisen, dass der Wein fast über den Goldrand schwappte. Die Gräfin verfuhr ebenso.

»Was ist das für ein Wein, Erlinger?«, fragte er und betrachtete das Glas von allen Seiten, hielt es mal gegen das Kerzenlicht, mal gegen den Kristall-Lüster, der von der hohen Stuckdecke hing. Die Gräfin verfuhr ebenso.

»Finden Sie es heraus!«, forderte ich ihn auf.

Leuster hielt seine Nase über den Rand des Glases, ließ seine Nasenflügel flattern und inhalierte mit geschlossenen Augen und hochgezogenen Augenbrauen. Er spitzte die Lippen und benetzte sie ansatzweise mit der kostbaren Flüssigkeit. Endlich ließ er sich einen Schluck auf der Zunge zergehen. Die Gräfin verfuhr ebenso.

Ich wartete auf das Urteil.

Eine Welle des Entzückens glitt über das Gesicht meiner Gastgeber. Zungen fuhren synchron und genießerisch über

Lippen, mit deutlichem Schnalzen wurde nachgeschmeckt. Man probierte ein weiteres Mal. Man nickte sich zu.

Endlich räusperte sich Leuster: »Es ist kein Spätburgunder, kein Dornfelder, kein St. Laurent, mit anderen Worten, er ist nicht von hier, Erlinger, so viel steht fest.«

»Richtig«, lobte ich den Kenner.

»Er ist nicht mehr jung«, fuhr Leuster fort und zog alsdann das komplette Register der Weinsprache: »Er ist … sehr harmonisch … ruht in sich … körperreich. Eine aromatische Dichte … ein feiner Duft nach Holz … Wildkräuter klingen an … diskreter Charakter … tinten- bis purpurfarben … die Tanninstruktur wird diskret untermalt vom Geschmack der Himbeere … große Nachhaltigkeit … beeindruckende Komplexität … das Gefüge der Struktur … exzellente Länge … Syrah- und Grenache-Trauben von tonhaltigen Böden … gelagert in Zedernfässern …

Ich war beeindruckt. So hatte ich meinen Hauswein noch nie gesehen.

»Verehrtester«, begann die Gräfin und tupfte sich die Lippen ab. Ich war damit gemeint. »Es ist auf jeden Fall ein wunderbarer Wein.«

»Der aber zwei entscheidende Nachteile hat«, meinte Leuster ungehalten und stellte das Glas ab. »Er stammt nicht von den wunderbaren Weingärten der Hessischen Bergstraße. Und wir haben ihn nicht in unserem Weinkeller«.

Ich war erleichtert. Es hätte schlimmer kommen können.

»Sicher sagt uns Erlinger gleich, wie er heißt«, forderte mein Chef mich auf.

»Nennen wir ihn ... Château Soundso?«, schlug ich vor.

»Château Soundso? Dass ich nicht lache. Woher haben Sie ihn?«

Mit dieser Frage hatte ich nicht gerechnet. Das war naiv,

mögen Sie denken. Aber ich schließe immer von mir auf andere, ich an seiner Stelle hätte das nicht getan. Um Zeit zu gewinnen, bat ich meine Gastgeber das Ratespiel fortzusetzen.

»Was glauben Sie denn, woher er kommt?«

»Er ist ein Franzose!«, rief Leuster voller Überzeugung.

Ich nickte wohlwollend, obwohl es sich um einen Italiener handelte.

»Ein Bordeaux!«

»Richtig«, lobte ich Leuster, der über einen Montepulciano sprach.

»Aus dem Jahr 2005!«

»Korrekt!« Dieses Mal lag er wirklich richtig.

Wir prosteten uns zu.

»Nun?« Leuster ließ nicht locker. »Wo haben Sie ihn denn nun her, Erlinger?«

Ich wand mich.

»Nun lass ihn doch, mein Lieber«, mischte sich die Gräfin ein, »du siehst doch, dass er sein Geheimnis hüten will.«

Ich lächelte ihr dankbar zu. »Ich kann Ihnen gern eine weitere Flasche zukommen lassen«, bot ich an und zog verlegen an meinem Hemdkragen, der mir plötzlich viel zu eng vorkam.

»Eine?«, brüllte Leuster mich an. »Hunderte, wenn ich bitten darf. Ich kann ohne diesen Wein nicht mehr leben.«

»Hunderte wird schwierig sein«, gab ich zu bedenken und versuchte den Schweiß zu ignorieren, der sich auf meiner Stirn gebildet hatte und mir gleich über die Wangen laufen würde. »Dieser Wein ist handverlesen. Es gibt nur wenige Flaschen davon. Ich könnte versuchen …«

»Ich will sie alle haben!«

»Ich werde tun, was ich kann«, versprach ich.

»Ich befehle es Ihnen!«, befahl Leuster.

Die folgenden vier Gänge des Dinners konnte ich nicht mehr richtig genießen. Ich hatte ein mulmiges Gefühl, obwohl ich wusste, dass Nachschub zu besorgen einfacher war, als ich dargestellt hatte. Es gab vermutlich einen unerschöpflichen Vorrat dieses Weines. Er gehörte nämlich zum Stammsortiment meines Lieblings-Discounters, der ein bundesweites, flächendeckendes Filialnetz und somit auch eine Filiale in Bensheim betreibt. Zuhause nennen wir ihn immer »Château Aldi Sud«.

Dennoch musste ich die Verknappung pflegen und ließ es bei einem 6er-Karton bewenden. Ich löste die Etiketten von den Flaschen sowie die Kapseln von den Hälsen und ließ die vermeintlich kostbare Fracht zusammen mit meiner Visitenkarte per Kurier auf Schloss Alserbach bringen. Geld dafür wollte ich selbstverständlich keines.

Nach ein paar Tagen kam Leuster in mein Büro und ließ die Tür hinter sich ins Schloss fallen. Ich erhob mich, dachte, er wolle sich bei mir bedanken.

»Erlinger!«, hob er an, »nun hören Sie endlich mit Ihrer verdammten Geheimniskrämerei auf und sagen Sie mir auf der Stelle, woher Sie diesen Château Soundso haben.«

Ich schüttelte bedauernd den Kopf. »Es geht nicht, ich habe es dem Winzer versprochen«, log ich tapfer. »Es soll ein Geheimtipp bleiben«.

»Ich befehle es Ihnen aber«, drohte er mir.

Ich verschloss mich.

Als er merkte, dass er bei mir nicht weiterkam, wurde er zutraulich, freundschaftlich, jovial. Er stellte mir sogar eine Beförderung in Aussicht. Seit Jahren warte ich darauf, aber ich konnte das Angebot nicht annehmen.

»Ich besorge Ihnen den Wein«, war alles, was ich in meiner Situation versprechen konnte, ohne mich, den kleinen Betrüger, und ihn, den großen Weinkenner, bloßzustellen. »Ich versuche so viele Flaschen wie möglich zu bekommen. Aber ich kann einen Wein wie diesen nicht länger umsonst abgeben, Sie verstehen?«

»Geld spielt keine Rolle. Beeilen Sie sich, Erlinger. Ich erwarte in den nächsten Tagen Gäste. Ranghohe Diplomaten! Ich gebe Ihnen für die Beschaffung zwei Tage frei. Ich will diesen Wein, haben Sie verstanden?«

O ja, ich hatte verstanden, ich saß in der Klemme.

Denn bei dem einen Diplomatenempfang blieb es nicht, Leuster ließ nicht locker, er forderte immer weiter, er wollte immer mehr, er war unersättlich.

Und ich? Ich kannte keinen Feierabend mehr. Kartonweise schleppte ich den Wein zu mir nach Hause. Ein Glück, dass er kein saisonales Sonderangebot meines Lieblings-Discounters gewesen war. Bange hoffte ich, dass er noch lange lieferbar war.

Ich nahm 148 Euro pro Flasche plus Porto. Ohne Rechnung, wie man es unter Weinhändlern so macht, sagte ich. Leuster nannte das einen Spottpreis.

Die Differenz zwischen Einkauf und Verkauf war eine kleine Entschädigung für meine Aufregung, das Umherfahren von einer Filiale zur nächsten, das Ein- und Ausladen, das Herauf- und Heruntertragen und die langwierige Prozedur des Ablöse-Vorgangs der Etiketten unter warmem Wasser. Von den Benzin- und Wasserkosten ganz zu schweigen.

Ich selbst gönnte mir keinen Schluck mehr von meinem Hauswein, jede Flasche reichte ich weiter.

Eines Tages kam mir Leuster in seinem Jaguar entgegen, als ich gerade aus der Straße bog, in der sich eine Filiale befand. In meinem Kofferraum standen sechs Kartons. Leuster saß im Fond, schlug seinem Chauffeur auf die Schulter und hob seine rechte Hand, die ein imaginäres Glas hielt, an seinen Mund.

Ich baute fast einen Unfall. So konnte es nicht weitergehen, beschloss ich. Lieferant oder Empfänger? Einer musste von der Bühne abtreten. Die Frage wer, war schnell geklärt.

In meinem kleinen chemischen Betrieb standen mir alle Türen offen. Schon am nächsten Tag, als die Belegschaft in der Mittagspause war, mischte ich einen tödlichen Cocktail aus Arsen, Strychnin sowie Zyankali, kippte das Teufelszeug in einen klebrig-süßen Dessertwein und hoffte, dass er alles Bittere neutralisierte. Selbstverständlich konnte ich nicht probieren.

Ich füllte die Mischung in eine kleine, namenlose Flasche und schickte sie in einer anonymen Sendung an Leuster persönlich. Ich wusste, dass er seine Finger nicht davon lassen konnte, er war viel zu neugierig. Und seit dem Dinner auf Schloss Alserbach wusste ich auch, er war viel zu gierig, um mit der Gräfin zu teilen.

Jetzt, dachte ich, konnte ich meinen kleinen Hauswein wieder selbst trinken und meinen Feierabend genießen. Alle Hetze hatte ein Ende.

Die Beerdigung fand an einem regnerischen Tag auf dem verwitterten, schlosseigenen Friedhof statt. Ich nahm Charlotte Gräfin von Alserbach unter meinen schwarzen Golf-Schirm. Ich musste sie stützen. Sie wirkte zerbrechlich und zittrig. Geistesabwesend blickte sie durch den schwarzen Schleier ihres Hutes. Kurz bevor sie in den Fond des Jaguars stieg, bat sie mich mit tragischer Stimme, die Geschäfte des

Unternehmens vorläufig kommissarisch zu übernehmen, bis es ihr wieder besser gehe.

So kam ich doch noch zu meiner Beförderung.

Vor einem Monat, kurz vor Ladenschluss, stand sie bei meinem Lieblingsdiscounter hinter mir an der Kasse. Ich hätte sie beinah nicht erkannt. Ihre Frisur war derangiert. Sie hatte abgenommen. Ihre Wangen waren eingefallen, ihre Augen umschattet. Sie sah noch älter aus als zuvor. Wie sehr musste der Tod ihres Mannes sie mitgenommen haben!

Unverwandt blickte sie auf meinen geliebten Hauswein, der gerade als einziger Artikel über das Band rollte. Auch der Einkauf der Gräfin Charlotte von Alserbach bestand nur aus einem Artikel. Einem Weinkarton. Sie raten nie, welcher Wein darin war.

Während ich in meinem Portemonnaie nach den 2.95 € suchte, legte sie eine Hand auf meine und raunte: »Ich wusste, dass ich Sie hier eines Tages treffen würde.«

Seit diesem Tag gehe ich im Schloss ein und aus. Ob ich will oder nicht. Charlotte hat mich in der Hand. Nicht nur wegen Wucher, ihr verstorbener Gatte hatte sie von dem Dessertwein kosten lassen. Sie hatte nur daran genippt. Danach war es ihr sehr schlecht ergangen, zur Beerdigung hatte sie sich mit letzter Kraft geschleppt, war eine Zeitlang bettlägerig gewesen und erholte sich nur langsam. Sie leidet heute noch unter Spätschäden.

Sie wird niemandem etwas sagen, sagt sie, solange ich bei ihr bleibe.

Sie kann einfach nicht allein sein.

So wie früher

Pfingstsonntag 2010. 11 Uhr. 22 Grad. Keine Wolke am Himmel.

Gregor Klemm bog in Gemünd links in Richtung Schleiden ab. Auf dem geraden Stück zwischen Nierfeld und Olef kam ihm eine Motorradkolonne entgegen. Acht Mann. Im Rückspiegel sah er, dass es Holländer waren. Man grüßt sich, auch wenn man sich nicht kennt. Das ist so üblich. Biker sind eine große Familie. Und selten allein unterwegs.

Auch Gregor könnte sich jetzt eigentlich mit seiner Truppe in Süddeutschland auf der Schwarzwald-Hochstraße in die Kurven legen. Die Tour machten sie jedes Jahr, immer dasselbe Hotel, mit Sauna und Biergarten, in Freudenstadt. Aber die anderen Fünf waren schon am Samstag in aller Frühe gestartet. Laura, seine Freundin, als Sozia von Bernd. Gregor nahm ihr das nicht übel, aber sauer war er schon.

Er hatte gestern den ganzen Tag bis Mitternacht unabkömmlich im Büro festgesessen. Er war Leiter einer Internetagentur und verantwortlich für den reibungslosen Netzauftritt einer großer deutschen Telefongesellschaft. Es hatte Probleme an der Schnittstelle gegeben.

Gregor hatte überlegt nachzukommen, aber dann hätte er mit drei, vier Stunden Schlaf auskommen müssen. Als abzusehen war, dass er die halbe Nacht arbeiten musste, hatte er abgesagt. Laura hatte das bedauert, das Gejohle im Hintergrund am Telefon hatte Gregor einen Stich versetzt.

Kein Schwarzwald, keine Hochstraße, kein fröhliches Beisammensein.

Stattdessen Eifel, allein.

Gregor hatte heute morgen ausgeschlafen, sich gegen 10

Uhr auf sein Motorrad geschwungen und die Stadt auf der B 265 in Richtung Schleiden verlassen. Ohne Ziel, aber mit viel Zeit. Er wollte ein bisschen herumkurven, bei so einem Wetter konnte er nicht zuhause hocken. Vielleicht, hoffte er, würde er irgendwo auf eine Truppe treffen, der er sich anschließen konnte. Allein Motorradfahren, das ist wie allein in einer Kneipe sitzen.

In Schleiden, am Kreisverkehr, waren vor einer Gaststätte ein paar Motorräder geparkt, die Fahrer hatte die Lederjacken ausgezogen, saßen im T-Shirt bei Milchkaffee auf Holzmöbeln und beobachteten den Verkehr. Gregor legte ein spätes Frühstück ein, man kam ins Gespräch, man fachsimpelte. Es war ein bunter, lustiger Haufen aus Ahrweiler, sie waren schon seit dem frühen Morgen unterwegs. Ihr Ziel war Monschau. Man studierte zusammen die Straßenkarte. Gregor überlegte nicht lange. Er war dabei. Sie tauschten ihre Handynummern aus und verabredeten: Bikertreff Schwingsborn, auf der B 258 kurz nach Höfen, kurz vor Monschau. Gregor fuhr als Letzter. Das tat er auch in seiner alten Truppe immer.

Das Mittagessen im Schwingsborn war deftig, die Gespräche wurden es auch. Nicht ganz Gregors Kragenweite, jedenfalls nicht auf Dauer. Beim Kaffee kreiste wieder die Straßenkarte. Als Gregor hörte, wie die Jungs aus Ahrweiler nach einer schönen Strecke für die Heimfahrt suchten, sagte er, er wolle über die Venn- und Seenroute nach Eupen. Das Hohe Venn und der Hertogenwald reize ihn. Das hörte sich gut an und auch so, als kenne er sich in Belgien aus, aber er hatte die Namen gerade erst auf der Karte gelesen.

Sie rieten ihm von der Route ab. Die Gegend sei nicht schlecht, Moorlandschaft so weit das Auge reiche, aber die Wegstrecke unerträglich, besonders für einen Biker. 20 Kilometer alte, holperige Betonplatten, aufgeworfene Teerverbindungen, wie eine Panzerstraße, noch dazu eine fast schnurgerade Ebene, keine Kurve und keine Kneipe mehr vor Eupen.

»Umso besser! Ich liebe Abenteuer«, sagte Gregor, als er aufstand und einen Geldschein auf den Tisch warf. Er ließ sie kopfschüttelnd zurück, als er seine Lederjacke anzog und auf sein Motorrad stieg.

»Steig unterwegs bloß nicht ab!«

»Wen das Moor einmal hat, den gibt es nicht mehr her!«

»Ruf an, wenn du heil angekommen bist!«

»Ist dein Tank auch voll?«

»Ja! Ja!« Gregor setzte lachend seinen Helm auf. Bevor er die Handschuhe überstreifte, blickte er auf die Uhr, schon 14 Uhr. Kein Problem, im Mai war es lange hell, zur Not konnte er in Eupen übernachten. Zuhause wartete niemand auf ihn. Er schob die Maschine an die Straße, drehte den Zündschlüssel und zog davon. Er hob den Arm. Ein letzter Gruß.

Rechts im Tal lag die Stadt Monschau, und Gregor folgte dem gelben Hinweisschild über die Umgehungsstraße in Richtung Westen nach Mützenich. Kurz darauf verließ er die Bundesrepublik Deutschland und fuhr durch ein Niemandsland, ehe das Königreich Belgien begann. Ein Landstrich, der zu einer unspektakulären Grünen Grenze geworden war.

Früher, dachte er wehmütig, da stand hier der Zoll bis an die Zähne bewaffnet, da wurde hier jeder streng kontrolliert, der aus Belgien kam. Belgien war ein Schmuggler-Eldorado. Belgien, das war das Kaffeeland für die Deutschen. Jeder wusste das. Heute lohnte sich das nicht mehr. Ein Abenteuer weniger, bedauerte Gregor.

Nach fünf Kilometern wusste er, wie recht die Ahrweiler Leute hatten. Die Straße war nichts für Biker. Sie zwang ihn, die Geschwindigkeit zu drosseln. Sie bot nichts außer Dellen.

Aber das Moor war etwas für Gregor. Trotz des prallen Sonnenscheins schien ein graubrauner Schleier über der völlig stillen, bewegungslosen, menschenleeren Landschaft zu liegen. Kein Lüftchen wehte, kein Vogel weit und breit, niemand kam ihm entgegen, niemand folgte ihm.

Gregor hatte Zeit, nach rechts und links zu sehen. Holzstege verliefen teils schnurgerade, aber auch in unergründlichen Mustern, durch das hohe Moorgras. Birken und einzelne Fichten säumten ihren Weg, und andere ausladende Bäume, deren Namen Gregor nicht kannte. Ab und zu zweigte eine Fahrspur für forstwirtschaftliche Fahrzeuge ab.

Es war schon ein bisschen gespenstisch, so allein hier zu fahren, da war er geradezu erleichtert, als er auf einem dieser Nebenwege endlich ein menschliches Wesen auf einem Baumstamm sitzen sah. Gregor zögerte nicht lange und bog kurzerhand ab.

Es war eine Frau, und neben ihr lag ein Fahrrad. Gregor ließ seine Maschine ausrollen, ehe er vor ihr bremste. Er stellte die Füße auf den Boden, schaltete den Motor ab und zog den Helm vom Kopf.

Sie sprang auf. Sie war noch jung, vielleicht Anfang zwanzig. Sie war ein bisschen blass und mager für seinen Geschmack. Ihre Wangen fast hohl. Ihre Kleidung war ungewöhnlich und elegant, nicht nur für eine Fahrradfahrerin. Sie trug eine kleine schwarze Samtkappe, deren schwarzer Schleier ihr Gesicht halb verdeckte. Ihre dunklen Haare waren hochgesteckt. Sie trug ein enges schwarzes Kostüm und schwarze Seidenstrümpfe. Ihre Füße steckten in schwarzen Pumps. An ihrem Arm hing eine kleine schwarze Handtasche. Alles nicht mehr neu, sondern leicht angestaubt. Die geflickten Netzhandschuhe erstaunten Gregor am meisten.

Er wusste nicht genau, woran es lag, aber die Szene kam ihm

wie ein altes Schwarzweißfoto vor, in das er hineingefahren war. Er bockte seine Maschine auf. »Haben Sie einen Platten?«, rief er.

Sie sah ihn entsetzt an. Er zeigte auf ihr Rad und inspizierte es. Sie hatte keinen Platten, sondern die Fahrradkette war abgesprungen. Das Fahrrad war ein schwarzes Ungetüm, ein Vorkriegsmodell mit geradem Lenker, langer Hebelbremse, braunem Damensattel und einem bunten Häkelnetz überm Hinterrad. Es war verflucht schwer, als Gregor es umkippte, sodass es auf Sattel und Lenkrad zu stehen kam.

»Ich heiße Gregor«, sagte er und schlug sich auf die Brust.

»Elisabeth«, stellte sie sich vor. Ihren Nachnamen verstand er nicht. Elisabeth hatte ein Grübchen am Kinn.

»Ich bin auf dem Weg nach Eupen. Sie auch?«

Sie nickte.

»Ich versuche das zu reparieren«, bot er sich an.

Sie lächelte unsicher. Als sie sich umdrehte, um sich wieder auf den Baumstamm zu setzen, sah er, dass ihre schwarzen Strümpfe eine Längsnaht hatten und ihr Rock einen kleinen Schlitz. Sie stellte ihre Beine schräg und legte die Handtasche in den Schoß.

Während Gregor an der rostigen Kette herumfingerte, dachte er, dass es eigentlich gar nicht so schlecht wäre, wenn es ihm nicht gelänge, sie auf das Zahnrad zu spannen, dann könnte er Elisabeth anbieten, sie auf dem Rücksitz mitzunehmen. Sie könnten in Eupen einen Kaffee trinken und mal sehen, was der Tag so brachte.

Vielleicht war dieser Gedanke schuld daran, dass sich die Kette jeder Reparatur widersetzte. Vielleicht lag es am vorsintflutlichen Modell. Oder Gregor gab zu früh auf. Er richtete sich nach einer Weile auf und breitete resigniert die Arme aus. »Es will nicht funktionieren.«

»Oh!«, rief Elisabeth, sprang auf, stöckelte zu ihrem Fahrrad und untersuchte es.

Gregor zog ein Taschentuch aus der Lederhose und wischte sich die Finger daran ab. »Ich kann Sie nach Eupen mitnehmen.«

Sie sah ihn ratlos an.

Er ging zu seiner Maschine und klopfte mit der flachen Hand auf den Sozius.

»Nein!« Elisabeth schüttelte entsetzt den Kopf und ging zwei Schritte rückwärts.

Gregor versuchte es mit seinem gewinnenden Lächeln. Es nützte nichts. Elisabeth war entschlossen zu bleiben. Sie setzte sich wieder, Beine schräg, Handtasche im Schoß, und ihre Hände umfassten den Baumstamm, als halte sie sich daran fest.

Gregor reichte ihr sein Handy. Elisabeth blickte verwundert darauf. Er machte das internationale Zeichen für Telefonieren.

»Nein!«, sagte Elisabeth und ein Ruck schien durch ihren mageren Körper zu gehen.

Dann eben nicht, dachte Gregor. Und schade, das dachte er auch noch.

Als er sein Motorrad über den Waldweg schob, stand sie plötzlich neben ihm und zog an seinem Arm.

»Speck!«, flüsterte sie aufgeregt und blickte sich ängstlich um, als würden sie belauscht.

»Speck?«

Sie nickte aufgeregt und leckte sich über die Lippen.

»Haben Sie Hunger?«, fragte Gregor.

Sie nickte wieder.

»Soll ich Ihnen was zu essen bringen?«

»Speck!«, stieß sie hervor und zeigte in den Himmel. Ihre Hand flatterte.

»Wenn es dunkel ist?«, riet Gregor auf gut Glück.

»In der Nacht!«

»OK. Ich komme heute Abend wieder«, versprach er.

Elisabeth erwiderte sein Winken nicht, sie sah ihm nur nach, mit ernstem, unbeweglichem Gesicht saß sie auf dem Baumstamm, als er auf der Straße aufs Motorrad stieg.

Während er auf Eupen zurollte, dachte er über die seltsame Begegnung nach. Er war nicht gerade ein Mann, vor dem man Angst haben musste. Laura sagte immer, er sehe aus wie ein gutmütiger Bär. Was sollte die Nummer mit dem Speck? Wenn man Hunger hat, isst man alles, oder? Und warum war sie nicht mitgekommen? Warum sollte er erst in der Nacht wiederkommen?

Bald zweigte rechts die Zufahrt zur Talsperre der Vesdre ab. Das musste das französische Wort für Weser sein, überlegte Gregor, obwohl er die Weser eigentlich in eine andere Region einsortiert hätte, er war geografisch nicht ganz sattelfest. Die Betonplatten-Straße wurde endlich wieder zu einer geteerten Fahrbahn.

Er erreichte Eupen. Im gemütlich dahinfließenden Stadtverkehr ließ er sich treiben. Vor einem Stadion standen Menschen Schlange an der Kasse, ein Großereignis schien anzustehen. Alle Straßen führten bergauf. Alle Geschäfte waren geschlossen, wie sollte er an den Speck kommen?

Auf kleinen, verwinkelten Nebenstraßen gelangte er schließlich zu einem Platz, auf dem Tische und Stühle einladend unter Bäumen standen. Gregor parkte vor einem Café, dem *Le Mystic*, wie auf der dunkelroten Markise geschrieben stand. Er ließ sich auf einen der Korbstühle fallen, der dicht an einem Brunnen stand. Durch die Äste schimmerten die grünen Zwiebeltürme einer Kirche. Neben dem *Le Mystic* lag *Le Palais*, das ebenfalls Gäste auf dem Platz bediente.

»Ein Bier«, bestellte er, ohne in die Karte zu sehen, als eine Kellnerin an seinen Tisch kam.

»Möchten Sie Eupener Bier?«

»Ja. Ein großes.«

Sie musste für jede Bestellung die Straße überqueren, ein riskantes Manöver, denn unermüdlich rollten Autos, Cabrios und Motorradkolonnen aus Luxemburg oder Deutschland dahin.

Gregor ließ seine Blicke schweifen. Die Stadt schien voller Touristen, die den unerwarteten Sommertag nach einem langen kalten Frühling genossen. Kurze Röcke und Hosen, Sonnenbrillen, Dekolletés und Hemdsärmeligkeit waren angesagt. Kinder schleckten Eis und hüpften dabei auf einem Bein, Großmütter schoben Kinderwagen, Hunde zog man an der Leine hinter sich her, ehe sie ein Bein heben konnten. Es roch nach Sonnenmilch. Lachen und viele deutsche Dialekte schwangen in der Luft, viele Sprachen. Als Gregor glaubte, eine Stimme wiederzuerkennen, drehte er sich um. Es war nicht Elisabeth.

Das Bier wurde gebracht und Gregor zahlte. Er nahm einen großen Schluck und erblickte über dem Glasrand eine Frau, die gegenüber aus der Kirche trat. Sie trug schwarz und näherte sich mit zögernden Schritten dem Marktplatz. Gregor richtete sich auf und reckte den Hals. Als sie die Straße überquerte, sah er, dass ihr Haar kurz war. Sie trug keinen Hut mit Schleier. Und ihre Beine waren nackt. Sie war nicht Elisabeth.

Aus dem *Le Palais* drangen Jubelschreie. Ein Fußballspiel. Ein Tor, das die Eupener Mannschaft geschossen hatte, aber Gregor verstand nicht den Namen des Gegners.

Ein schwarzes Fahrrad geriet im letzten Moment in sein Blickfeld, wieder spürte Gregor die Anspannung, aber es war ein altes Herrenrad. Ein Mann mit weißem Strohhut saß darauf. Nicht Elisabeth.

Immer wieder ertappte Gregor sich dabei, dass er nach ihr Ausschau hielt. Spinner, schimpfte er sich aus.

Zum dritten Glas Eupener Bier bestellte er einen *Croque Monsieur*. Vom Kirchturm läuteten die Glocken auf ihn herab. Er sah auf die Uhr. 19 Uhr. Wann wurde es dunkel? Gegen 22 Uhr? Was sollte er solange anstellen?

Als er zahlte, fragte er die Kellnerin, ob sie ihm wohl ein paar Scheiben Speck verkaufen könnte, alle Geschäfte seien geschlossen.

»Amerikanischen Speck?«, fragte sie ungläubig.

»Von mir aus.«

»So wie früher?«

Gregor sah fragend hoch.

»Früher haben die Deutschen hier ihr Leben für einen Streifen amerikanischen Speck riskiert.«

»Früher«, sagte Gregor, »das war früher, diese Zeiten sind vorbei.«

»Sie haben recht. Ich bringe Ihnen ein paar Scheiben«.

Nach dem *Croque Monsieur* hatte er einen flaues Gefühl im Magen. Er verstaute das Päckchen Speck in seinem Tankrucksack und raffte sich zu einem Stadtspaziergang auf. Ein bisschen Bewegung vor der langen Rückfahrt, sagte er sich, konnte nicht schaden. Ein bisschen Bildung auch nicht. Und Zeit hatte er noch reichlich bis zum Dunkelwerden.

Der Platz, auf dem er gesessen hatte, entpuppte sich bei näherem Hinsehen als zentraler Platz der Oberstadt, dem Marktplatz. Die Figur auf dem Brunnen als Mariensäule, die Kirche gegenüber als Nikolauskirche. Unterwegs über das holperige Kopfsteinpflaster stieß er auf eine Reihe beeindruckender Kaufmannshäuser, ehemaliger Villen von Tuchfabrikanten, die heute Sitz der Tageszeitung, dem *Grenz-Echo*, der Regierung der Deutschsprachigen Gemeinschaft, des Stadtmuseums oder des Staatsarchivs sind.

Gregors Bildungs- und Verdauungsreise wurde jäh unterbrochen, als ein Autocorso die Straßen der Oberstadt durch Hupen, Schreie, Gejohle erschütterte. Junge Männer, mit nackten Oberkörpern und nicht mehr ganz nüchtern, schwenkten Fahnen und Schals und sangen Siegeslieder. Der Corso passierte Gregor in Höhe der Friedenskirche. Ratlos blieb er stehen. Kaum war der Spuk vorbei, kam er aus einer anderen Straße zurück. Die Stadt schien im Ausnahmezustand. Ein älterer Herr klärte Gregor schließlich auf: »Aufstieg!«.

Gregor dachte an das Fußballspiel vom *Le Palais* und fragte: »Und wer hat gewonnen?«

»Wir! 2:1.«

»Glückwunsch«, meinte Gregor.

»Ist das alles, was Sie dazu sagen?«

»Ich bin nicht von hier. War es ein wichtiges Spiel?«

»Wichtig?« Der Mann schlug sich gegen die Stirn. »Historisch war es! AS Eupen gegen RAEC Mons!«

Gregor nickte.

»Wir waren noch nie in der ersten Division!« Der Mann ging kopfschüttelnd weiter. Er konnte nicht wissen, dass Gregor vom Fußball so viel verstand wie von alten Fahrrädern und hungrigen Frauen mit Schleiern an den Hüten.

Elisabeth! Er konnte nicht bis zum Dunkelwerden warten. Bis dahin wäre sie verhungert. Er lief fast zu seinem Motorrad.

Er glaubte genau die Fahrspur zu kennen, wo sie auf dem Baumstamm gesessen hatte. Aber als Gregor langsam über die Betonplatten-Straße Richtung Mützenich rollte, da war er sich nicht mehr sicher. Die Wege sahen plötzlich alle gleich aus. Er wusste nur noch, dass es auf der rechten Seite gewesen war, die jetzt die linke war.

Als er schon glaubte, ein Opfer seiner Fantasie geworden zu sein, sah er das Fahrrad. Es lehnte immer noch am Baumstamm. Die gleiche Szene wie beim ersten Mal, nur Elisabeth fehlte auf dem alten Schwarzweißfoto.

Dennoch bog Gregor auf den Waldweg, ließ seine Maschine ausrollen, bremste und stellte die Füße auf den Boden. Er bockte die Maschine auf und öffnete den Tankrucksack. Er holte das Speckpäckchen heraus.

Sicher hatte sie sich versteckt. Er würde sie schon finden. Mit Speck fängt man Mäuse, dachte er sich.

Aber als er den Helm vom Kopf zog, blickte er in die Mündung eines Gewehrs. In einem Reflex ließ er Speck und Helm fallen, hob die Hände und sprang einen Schritt zurück.

Der Mann hinter dem Gewehr war ein deutscher Soldat in einer alten, abgewetzten Uniform, einer Uniform, die Gregor aus dem Geschichtsunterricht kannte. Er bohrte Gregor den Gewehrlauf in die Magengrube mitten in den *Croque Monsieur*. Hinter ihm tauchten plötzlich zwei weitere Soldaten mit angelegten Gewehren auf und kamen mit langsamen Schritten näher.

»Aufmachen!«, befahl der erste Soldat und zeigte mit dem Gewehrlauf auf das Päckchen.

»Haben Sie Elisabeth gesehen?«, stieß Gregor hervor.

»Aufmachen!«

Gregors Finger zitterten. Dabei hatte er nichts zu verbergen. Er hatte nichts gestohlen. Er hatte nur Speck gekauft. Er bückte sich, faltete das Papier auseinander. Acht Scheiben leckeren mageren Speck. Er dachte in diesem Moment sogar daran, sie den Soldaten zu schenken. Wenn Speck hier so begehrt war. Er hing nicht dran. Er würde für Elisabeth etwas anderes zu essen finden.

»Hier! Sehen Sie, nur ein bisschen Speck, sonst nichts. Möchten die Herren probieren?«

Als er vom Speck hochsah, blickte er wieder geradewegs in die Mündung des Gewehrs.

Das Gefühl, als ihn die Kugel traf, war wie ein Schlag gegen die Stirn. Sein Kopf prallte nach hinten. Langsam hob Gregor die Hand zwischen die Brauen und fühlte, wie etwas Heißes über seine Nase lief.

Vom Winde verdreht

Meinen Sie, es wäre schön, ein Windrad zu sein? Das ist es nicht. Ich weiß, wovon ich rede. Ich heiße Louise und stehe seit einigen Jahren in der Eifel herum. Ich bin nicht mehr die Jüngste, und mir ist oft übel von der ständigen Dreherei. Das geht in die Arme, kann ich Ihnen sagen. Sie sind schon ganz steif davon. Manchmal habe ich das Gefühl, sie fallen mir ab. Auch wenn unsereins drei Stück hat und man annehmen könnte, die Arbeit verteile sich so besser, ist es kein Spaß. Ich stehe 572 Meter über dem Meeresspiegel, meine Nabenhöhe beträgt 65 Meter, meine Arme sind zehn Meter lang, wissen Sie, was hier oben für ein Wind weht?

Ich werde Ihnen jetzt von meinem Leben erzählen. Es muss raus, sonst ersticke ich noch daran. Es mit meinen Freundinnen zu besprechen, erscheint mir sinnlos, es sind viele Depressive darunter. Viele drehen sich einfach nur noch nach dem Wind und haben längst aufgegeben. Ich glaube, manche trinken auch. Die Selbstmordrate unter Windrädern ist hoch.

Aber ich bin anders. In mir ist noch Hoffnung. Ich will Veränderung. Ich gebe nicht auf. Obwohl man es mir wirklich schwer macht.

Abgesehen von der ständigen Dreherei ist es stinklangweilig hier oben. Immer dasselbe, Tag für Tag, Nacht für Nacht. Ob Winter, ob Sommer. Ob Regen, ob Schnee. Mal weht der Wind aus Osten, mal aus Westen, das ist es dann aber auch schon. Gegen einen feinen Südwind wäre ja nichts einzuwenden, aber wann gibt es den hier schon mal?

Und immer dieselbe Aussicht. Sie ist nicht schlecht, aber man sieht sich satt. Bei lebendigem Leibe fest gemauert auf einen Platz, für immer und ewig. Ich weiß nicht, ob Sie das schön finden würden. Wir tun es nicht. Man wird weltfremd dabei. Wir würden auch mal gern etwas Abwechslung haben, zum Beispiel einen Ausflug machen oder in die Stadt gehen, mal was anderes sehen. Ich, zum Beispiel, möchte gern das Meer sehen.

Außerdem mangelt es uns an Intimsphäre. Nie ist man allein, wir stehen immer zusammen in einer Gruppe. Manchmal sind wir eine ganze Herde, wie Schafe auf einer Farm. Wir sind zwar streng nach Geschlechtern getrennt, aber von Privatleben kann trotzdem keine Rede sein. Nackt und bloßgestellt. Kein Strauch, kein Baum bietet uns auch nur den Hauch von Schutz vor den Augen der Vögel, der Häuser, der Menschen. Man will doch auch einmal allein sein.

Und ständig höre ich das schabende, schleifende Geräusch der Nachbarinnen und muss aus nächster Nähe mit ansehen, wie sie verdrecken. Und immer unter Frauen sein, Sie wissen das ja bestimmt, das ist auch nicht einfach.

Ich weiß gar nicht, wo die nächste Männergruppe steht. Ich kann sie von meinem Platz aus nicht sehen. Viele Kilometer müssen zwischen uns liegen. Ich frage Sie ernsthaft, woher die kleinen Windräder kommen sollen, wenn man uns nicht zusammenlässt. Denn auch bei uns funktioniert die Fortpflanzung nicht per Samenflug.

Aber selbst wenn man uns aufeinandertreffen ließe, wie sollte die Partnerwahl vonstatten gehen? Wir sehen uns alle zum Verwechseln ähnlich. Wir sind schlank und hoch und weiß und haben drei Arme. Schön, aber ohne Individualität. Jedenfalls nicht auf den ersten Blick. Einige von uns haben zwar rote Streifen an den Armen, manche Arme und Köpfe sehen ein wenig anders aus, aber das sind minimale Unterschiede. Warum gibt es uns nicht in sonnengelb, grasgrün, himmelblau oder rosarot? Mit unübersehbaren Streifen oder Punkten am Bein und auf den Armen? Oder mit echter, moderner Kunst bemalt? Man verliert auf diese Weise die eigene Identität, verstehen Sie, was ich meine?

Aber die Gleichförmigkeit ist noch nicht alles. Seit einiger Zeit empfangen wir negative Schwingungen. Das irritiert uns. Wir tun hier nichts als unsere Arbeit unter extremen Bedingungen, und das ist dann der Dank. Meine Freundinnen hören schon gar nicht mehr hin, so sehr verletzt und kränkt es sie. Andere wehren sich auf ihre Weise. Gabriele steht schon seit Tagen still. Ich mache mir Sorgen um sie. Aber sie will nicht reden. Sie stellt auf Durchzug.

Wir spüren es ganz deutlich: Man mag uns nicht. Man hasst uns regelrecht. Man verwünscht uns. Man verteufelt uns.

Angeblich verunstalten wir die Natur. Dabei sind wir doch dreimal schöner als die Fernleitungen. Und wir können nichts dafür, dass uns im Winter schon einmal ein Eisklumpen von den Armen fällt, das ist uns selbst unangenehm. Auch der Schatten, den wir unwillkürlich werfen, die Drehgeräusche unserer Arme und die roten Warnlampen stören die Menschen. Aber wer hat uns denn konstruiert?

Sogar unsere Rentabilität wird angezweifelt. Man kämpft gegen uns. Bürgerinitiativen haben sich gebildet. Parteien streiten sich. Was soll nur aus uns werden?

Die Menschen, die so reden, sind nicht die, die uns bei lebendigem Leibe einbetoniert haben, sondern andere. Aber das macht für uns keinen Unterschied. Manchmal werden wir sogar mit Dreck beworfen und mit Transparenten verschandelt.

Wir haben das alles nicht gewollt. Wir haben uns dieses Schicksal nicht ausgesucht. Wir finden das auch nicht schön.

Jedenfalls, so geht es nicht weiter, habe ich beschlossen. Ich will nicht länger wehrlose Zielscheibe menschlicher Fehlplanungen sein. Ich habe in den letzten Monaten einen geheimen Plan entwickelt.

Sobald sich der nächste Mensch wieder meinem Bein nähert, werde ich mich rächen. Ich weiß, dass es ein paar Tage dauern kann. Aber ich habe Zeit. Wenn man einbetoniert ist, spielt Zeit keine Rolle. Ich werde ein Blutopfer bringen, habe ich mir vorgenommen. Nicht gerade Harakiri, aber doch in etwa so, als ob ein Soldat sich einen Fuß abhackt, um nicht mehr in den Krieg ziehen zu müssen. Es wird sich herumsprechen. Andere werden mir folgen, und am Ende wird die globale Befreiung aller Windräder stehen.

Wenn ich es nicht mache, macht es keiner. Mein Plan ist so gut, dass ich es kaum erwarten kann. Wann kommt der Tag?

Es fährt ein Auto über den Feldweg. Es hält direkt an meinem einbetonierten Bein. Ein Mensch steigt aus und sieht empor zu meinen Armen. Ich lasse sie kreisen, täusche Gleichmäßigkeit und Normalität und Zufriedenheit vor. Fünf Umdrehungen lang.

Dann schlage ich zu.

Mit einem Ruckeln klinke ich einen meiner drei Arme aus, als er gerade nach unten zeigt, lasse ihn schnell wie einen Pfeil zu Boden schießen, sodass er den Menschen, der sich immer noch den Hals nach mir verrenkt, der Länge nach aufspießt.

Der Schrei, der ungehört in der Einöde verhallt, verfängt sich zwischen meinen verbliebenen Armen und steigt mir zu Kopfe. Er klingt wie Musik. Das Lied der Freiheit.

Nach diesem Vorstoß bin ich nicht mehr drehfähig. Aber das war es mir wert.

Nach ein paar Tagen der Unruhe und großen Empörung unter den Menschen werden auch meine Freundinnen stillgelegt, und dann werden wir alle abgebaut. Ich habe gehört, wir sollen tatsächlich ans Meer verschickt werden. Wenn ich eines Tages das Meer nicht mehr sehen kann, mache ich das wieder so, das Armausklinken. Eigentlich müssten mir alle dankbar sein, aber einige maulen herum.

»Es ist doch so schön hier in der Eifel!«, jammert Mechthild.

»Ich reise nicht gern«, meint Gabriele.

Einige haben Angst, wir werden getrennt. Andere fürchten, man wird Flugzeugpropeller oder Schiffsschrauben aus unseren Armen machen, Brückenpfeiler aus unseren Beinen. Aber so ist es nicht.

Wir werden in Einzelteilen auf einen großen Haufen gestapelt und dann abtransportiert. Es geht nicht auf direktem Wege ans Meer. Wir kommen zunächst auf einen noch größeren Haufen zerlegter Windräder. Noch sind wir in der Eifel, aber es dauert sicher nicht mehr lange, und wir treten die große Reise ans Meer an.

Zehn Prozent

Das Restaurant *Al Capriccio* war ausgebucht. Tische für insgesamt 40 Personen waren festlich gedeckt. Die Deko – Kerzen, Stoffservietten, Sträußchen aus blühenden Maiglöckchen – war ganz in Frühlingsgrün gehalten, farblich passend zu den schimmernden Raffrollos vor den hohen Fenstern und den Stuhlhussen aus Chintz.

Das *Al Capriccio* war frisch renoviert, und heute war der Tag der Neueröffnung. Peter Zurheck, der Inhaber, strich zum hundertsten Mal über die grünen Tischläufer.

Er war angespannt. Obwohl Marina alles perfekt vorbereitet hatte. Das war ihr sicher nicht leicht gefallen. Nicht nur, weil seine Ansprüche hoch waren, höher als irgendwo anders in diesem Metier, sondern auch wegen der Umstände.

Zur Neueröffnung erwartete Zurheck politische und journalistische Prominenz. Sein Sommelier würde neben der Weinberatung auch die Moderation zwischen den Gängen übernehmen. Die Bedienung war um eine dritte Person aufgestockt worden, ein junges Mädchen aus der Nachbarschaft, Janine. Und Marina, die Meisterköchin, würde kochen. Ein letztes Mal.

Sie war eine Koryphäe auf ihrem Gebiet. Seine drei Sterne hatte er ihr zu verdanken. Das musste er zugeben, in den Momenten, in denen er ehrlich zu sich war. Aber Marina ließ sich das auch honorieren.

Nach der Renovierung hatte sie eine Gehaltserhöhung verlangt: Zehn Prozent. Genau die Prozentzahl, um die er seine Preise erhöht hatte. Es gebe noch andere gute Köche auf der Welt, hatte er ihr gesagt.

Und er hatte auch schon einen ins Auge gefasst: den Sohn eines berühmten Vaters. Er stand Marina heute zur Seite. Zum ersten Mal. Markus Müller. Er machte zwar noch einen unsicheren Eindruck, aber er war mit einem Gehalt zufrieden, das zehn Prozent unter Marinas jetzigem lag.

Marina und Zurheck hatten schon vor Wochen das letzte Menü zusammen besprochen. Zurheck hatte ihre Kreationen großzügig abgenickt. Er war auch damit einverstanden gewesen, als sie ihm sagte, dass sie ohne großes Brimborium danach gehen wollte. Keine Verabschiedungszeremonie. Das wäre ihr ein Gräuel. Ihr Zeugnis hatte sie schon vor einigen Tagen in Empfang genommen.

Nach dem dritten Gang, wenn der Neue nur noch die Desserts an die Bedienung weiterreichen musste, wollte Marina gehen. Das würde so gegen 22 Uhr sein.

»Wohin gehst du?«, hatte Zurheck sie gefragt. Es interessierte ihn natürlich, in welchem Restaurant sie demnächst kochen würde. Hoffentlich nicht in seiner Nähe.

Aber Marina legte nur den Finger auf den Mund und antwortete leise: »Weit weg.«

»Gut. Gut.« Mehr wollte Zurheck im Prinzip ja auch nicht wissen.

Er war sogar ihrem Wunsch gefolgt und hatte sie einen Musiker aussuchen lassen, der die Gäste zwischen den Gängen unterhalten sollte. Eine Speisekarte sollte es nicht geben. Ein Überraschungsmenü.

Der ganze Abend sollte eine einzige Überraschung werden, aber das konnte Zurheck um diese Uhrzeit, 17.30 Uhr, als er ein letztes Mal über die grünen Tischläufer strich, nicht ahnen. Und trotzdem seufzte er. Es lag Unheilschwangeres in der Luft, fand er.

Der Musiker saß an der Theke. Er war mundfaul und trank den besten Wein des Hauses in langen, schlürfenden Schlucken. Seine Haare schulterlang, silbern ergraut, hingen auf seinem roten Seidenschal. Ansonsten trug er existentialistisches Schwarz. Sein Name, Joe de Winter, war garantiert ein Pseudonym, dachte Zurheck und fragte sich, ob dieses Genie nicht später einen Knoten in den Fingern haben würde. Wenn heute Abend irgendetwas schiefging, war er ruiniert. So etwas sprach sich schneller herum als eine Währungsreform.

Nach und nach trudelten die ersten Gäste ein. In Zweier-, Vierer- oder Sechsergruppen. Gut gelaunt, festlich gekleidet. Zurheck half ihnen aus den Mänteln, geleitete sie zu den reservierten Plätzen, zündete die grünen Kerzen an und erkundigte sich nach dem Befinden, dem Betrieb, den Kindern, dem neuen Auto. Offiziell waren der Bürgermeister gekommen und sein Stellvertreter, der Redakteur vom Käseblatt, und jemand vom Lokalradio. Niemand hatte die Einladung ausgeschlagen. Gut so.

Endlich konnte es losgehen. Zurheck trat in den Hintergrund. Der Sommelier erklärte die Weinauswahl, stellte Joe de Winter vor und kündigte als *amuse bouche* Wild-Lachsstreifen in Fetaröllchen mit einem Salatbouquet an. Die Bedienung kam mit den kleinen Vorspeisentellern hereingeweht. Das Besteck klapperte, leises Gemurmel unter den Gästen, hier wurde eine Augenbraue anerkennend hochgezogen, dort schmeckte jemand entzückt nach, man nickte sich zustimmend zu. Im Hintergrund lief dezente Musik vom Band.

Sobald die Teller wieder in die Küche verschwunden waren, kam Joe de Winter von der Theke ins Restaurant geschlurft und schob sich auf einen bereitstehenden Barhocker. Er stellte ein Bein hoch, legte die Gitarre auf ein Knie. Sein Gesicht, halb erleuchtet von der Stehlampe an seiner Seite, sah gespenstisch aus und grau. Er warf seine Haare zurück, schloss die Augen und bewegte seinen Kopf in einem Takt, den er mit einem Fuß schlug.

Das erste Geräusch, das die angespannte Stille zerriss, klang wie Metall über Stein. Die Gäste zuckten zusammen, Zurheck stellten sich die Nackenhaare auf. Es folgten weitere schräge, schrille Tönen in wahlloser Folge, beißenden Disharmonien, dramatische Pausen, dann wieder schrillte blechernes Knirschen in rockiger Lautstärke, das war, das war … Zurheck griff sich an die Kehle, das war Marinas Rache.

Entsetzt sah Zurheck nach seinen Gästen, die konsterniert im Halbdunkeln saßen, während Joe de Winter pünktlich nach den vereinbarten zehn Minuten seine Gitarre auf den Boden stellte, zurück zu seinem Platz an der Theke schlurfte und nach seinem Glas griff.

Die Gäste räusperten sich, klatschten höflich aber verhalten. Zurheck bebte vor Zorn. Aber, wenn er keinen Eklat wollte, und den wollte er um jeden Preis vermeiden, musste er sich zurücknehmen. Flüsternd beschwor er Winter bei seinem nächsten Einsatz um gängigere, friedliche Melodien. Winter nickte gleichgültig.

Den zweiten Gang – Kürbis-Blutorange-Suppe mit Ingwerschaum – schienen die Gäste betont langsam zu löffeln, wie um die Pause vom Musiker zu strecken.

Winter sah überhaupt keine Veranlassung, bei seinem nächsten Auftritt Zurhecks Wünschen nachzukommen. Nachdem er mit seiner Folter zu einem Ende gekommen war, trat Zurheck an ihn heran, dankte ihm flüsternd für seine Mühen, aber wie er wohl selbst bemerkt habe, sei es besser, hier seine Konzert zu beenden. Er und das Publikum fänden anscheinend nicht den gleichen Ton. Er bedaure, könne ihm unter diesen Umständen natürlich nicht das volle Honorar zahlen. Ob er mit einer Minderung von zehn Prozent einverstanden sei. Winter nahm das Geld ohne Widerworte an, packte seine Gitarre und verließ den Raum.

Seinen Gästen erklärte Zurheck das frühe Ende der musikalischen Veranstaltung mit einer dringenden Abberufung des Musikers – aus privaten Gründen. Ein Notfall habe ihn erreicht. Seine Mutter sei ins Krankenhaus gekommen.

Zurheck rieb sich die Hände. Welch elegante Lösung. Der Abend war gerettet. Wenn Marina glaubte, ihn auf diese Weise ruinieren zu können, musste er sie enttäuschen. Einen Zurheck warf man nicht so schnell aus der Bahn. Er war bisher noch mit allem fertig geworden.

Die Hauptspeise wurde hereingetragen. Rehmedaillons an Steinpilzragout auf Bärlauchpesto. Im Hintergrund lief leise klassische Klaviermusik vom Band, während die Gäste sich mit spürbarer Erleichterung dem kulinarischen Hochgenuss hingaben.

Aus den Augenwinkeln beobachtete Zurheck, wie Marina und Joe de Winter in ein Taxi stiegen und die Rücklichter in der Dunkelheit verschwanden. Er atmete auf. Diese beiden konnten ihm nichts mehr anhaben. Jetzt nur noch das Dessert und alles war gut.

Markus Müller, der neue Koch, und Janine, die neue Kellnerin, servierten – nach einer kleinen Pause – Walnussparfait auf Schokoblättchen.

Vier der vierzig Teller waren etwas Besonderes. Sie waren mit schmalen, grünen Blättchen verziert, die farblich genau zur Tischdekoration passten. Die Gäste, vor denen diese speziellen Teller landeten, waren stolz und fühlten sich auserwählt. Auch der Bürgermeister gehörte zu ihnen, aber er tauschte großzügig mit seiner Ehefrau.

Zurheck war entzückt über Marinas letzten, unerwartet kreativen Gang und verzieh ihr fast diesen schrecklichen Musikanten.

Aber nur bis zu dem Augenblick, da – ehe sie noch die Garderobe erreichen konnten – vier seiner Gäste von Krämpfen geschüttelt zu Boden fielen und in dem frisch renovierten Restaurant *Al Capriccio* einen grausamen Tod erlitten, ehe Hilfe geholt werden konnte.

Zurheck bat den Redakteur vom Käseblatt, den Menschen vom Lokalradio und seine Gäste die unangenehme Angelegenheit um Gottes willen bloß nicht an die große Glocke zu hängen. Er verschenkte zur Besänftigung Maiglöckchensträußchen an die Damen.

»Ich bitte Sie. Das waren doch nur zehn Prozent meiner Gäste«, erklärte er völlig verzweifelt. »Wollen Sie mich wegen zehn Prozent ruinieren?«

Kohlpudding für immer

Erich kommt viel zu früh aus der Küche. Ich bin noch nicht fertig. Eine Strebe des Eisengitters fehlt noch. Er marschiert mit langen Schritten direkt auf mich zu und streckt mir seine Auflaufform entgegen wie eine Opferschale. Ich stopfe die kleine Eisensäge in den nächsten Blumenkübel und springe beiseite. Erich erreicht das Eisengitter, das ihn nun nicht mehr stoppen kann. Auch die letzte kleine Strebe schafft das nicht. Es passiert. Erich verschwindet mitsamt Auflaufform von der Bildfläche. Erst als ich das dumpfe, satte und zugleich scheppernde Geräusch des Aufpralls höre, atme ich tief durch, wende mich ab und lasse meine Blicke schweifen.

Im blauweißen Licht des Vollmondes liegt die Dachterrasse nahezu taghell und schattenlos vor mir. Sie zeigt nach Südosten und bietet einen unverbaubaren Blick über Norden. Norden wird zumeist als Himmelsrichtung verstanden. In der äußersten Nordwestecke der Bundesrepublik Deutschland liegt jedoch unmittelbar an der ostfriesischen Nordseeküste eine Stadt gleichen Namens, die Stadt Norden. So der offizielle Wortlaut unseres Tourismusbüros.

Das Haus, in dem ich wohne, ist keines der stattlichen Bürgerhäuser am Marktplatz, sondern liegt etwas ungünstiger direkt an der viel befahrenen Straße, der kürzesten Verbindung zwischen Stadt und Meer. Aber die Höhenlage macht das wieder wett und bietet eine grandiose Aussicht über die verwinkelten Spitzdächer, Staffelgiebel, Schornsteine, Antennen, Dachfenster, Satellitenschüsseln. Die Spitze der Ludgeri-Kirche ragt zwischen Baumkronen hervor. An den Autolärm unten auf der Straße gewöhnt man sich. Er ist jahreszeitenabhängig.

Jahreszeiten bestimmen auch das Leben auf der Dachterrasse.

Im Sommer ist sie ein zusätzliches Zimmer, ein geschenkter Raum. Wie oft suchten Erich und ich Schutz unter dem riesigen Sonnenschirm, der, weiß wie ein Segel, uns länger hier sitzen ließ, als jeder Hersteller von Sonnencremes es empfiehlt. Dann waren wir heimliche Zuschauer und Mithörer, wenn die Nachbarn bei geöffneten Fenstern sich stritten oder liebten, und stellten gewagte Vermutungen über das beteiligte Personal an, wer mit wem, warum, weswegen ...

Uns vertrieb höchstens der Wind, wenn er ungehindert über uns hinwegfegte, unsere Zigarettenasche aus dem Becher blies und die Servietten vom Tisch gleich hinterher. Oder ein plötzlich einsetzender Regenschauer, ehe er den Wein in unseren Gläsern verwässern konnte.

Im Winter ist die Dachterrasse verwaist. Wir fütterten Vögel, hängten die Wäsche auf ein Reck - was im Sommer des unromantischen Anblicks wegen auf Erichs Wunsch verboten war - oder wir benutzten die Freifläche schon mal als Kühlschrank, wenn der in Erichs Küche vollgepackt war. Ansonsten drückten wir uns die Nasen an den Fensterscheiben platt und warteten auf den nächsten Sommer.

Ich wohne unter Erich, im dritten Stock, seit neun Jahren. Allerdings war ich öfter bei ihm als bei mir. Angefangen hat unsere Freundschaft mit dem Joggen. Wir sind uns ein paar Mal wortlos im Treppenhaus in Sportsachen begegnet, ehe wir über Zeiten und Distanzen redeten und feststellten: Wir laufen beide die knapp zehn Kilometer bis Norddeich Mole und wieder zurück in 42 Minuten und 30 Sekunden.

Seitdem joggten wir gemeinsam und verbrachten im Sommer den Rest des Tages auf seiner Terrasse. Manchmal auch die Nacht, jeder in einer Hängematte, und redeten uns in den

Traum. Wir waren kein Paar. Wir waren nur befreundet, auch wenn die Nachbarn etwas anderes vermuten.

Erichs Wohnung im vierten Stock ist sein Eigentum. Die anderen drei Stockwerke sind vermietet. Jedem Mieter, auch mir, steht zur persönlichen Nutzung ein Balkon zur Verfügung, der nicht viel größer als eine Schublade ist. Jeder im Haus hat Erich um diesen Traum von einer Dachterrasse, die nicht viel kleiner als ein Schrebergarten ist, beneidet. Nicht nur ich.

Nun wird es unten laut. Sirenen. Türenschlagen. Stimmen. Hupen. Durcheinander. Nur ein Teil der beunruhigenden Geräusche dringt bis zu mir hinauf. Die einen trägt der Wind auf dem Weg nach oben fort, die anderen verschlucken die Zypressen, die mannshoch in Kübeln entlang der Brüstung stehen.

Ich lasse mich auf Erichs Schaukelstuhl nieder, lehne mich zurück und gebe langsam Schwung. Die Kufen knirschen über die Fliesen. Eukalyptusholz auf Terrakottafliesen. Auf dem runden Tisch neben mir stehen noch unsere beiden Gläser und die Rotweinflasche. Da liegt das Besteck auf den Servietten. Ich berühre nichts, so gern ich mir nachgeschenkt hätte. Gerade jetzt.

Ich betrachte die Dachterrasse, als sähe ich sie zum ersten Mal. Bis auf die Zypressen wächst hier nichts mehr. Erich hatte keinen grünen Daumen. Bevor er das einsah, gab er ein Heidengeld für immer neue Pflanzen aus, die über kurz oder lang vor unseren Augen elend verendeten. Ertränkt oder vertrocknet, zu Tode gedüngt oder geschnitten. Vielleicht war es auch, weil er mit ihnen sprach.

So wie er mit mir immer sprach. Wäre er noch hier oben, hätte er mich jetzt gefragt, warum es unten nur so lärmt. Selbstverständlich ohne hinabzusehen, hätten wir Vermutungen angestellt. Hatte sich etwa jemand aus dem Fenster gestürzt? Oder vom Balkon? War jemand hinuntergestoßen worden? Wenn ja, wer war es wohl? Und von wem? Und warum? Hypothesen. Phantasien, die besonders während der gemeinsamen Mahlzeiten blühten.

Erich war auch kein guter Koch. Seine Küche war klein und ein bisschen langweilig. Aber ich habe mich nie beschwert. Ihm auch nie Ratschläge gegeben, auch nicht, was die Botanik anging. Wenn es nach mir ginge, wenn ich dürfte, wie ich wollte, wäre die Küche italienisch und die Dachterrasse ein Park gewesen. Aber ich war nur der Besuch.

»Wenn ich einmal tot bin«, hat er mehr als einmal gesagt, »dann kannst du meine Wohnung haben und hier machen, was du willst.« Vielleicht hätte er das nicht sagen sollen.

Ich versinke in Erinnerungen und beginne zu rechnen. Wie viele Vollmondnächte hat ein Jahr? Zwölf bis dreizehn, das schwankt, wenn ich nicht irre. Seit wie vielen Jahren wohne ich hier? Ich komme auf die unglaubliche Zahl von 108 Vollmondnächten. Das kann nicht sein. Ich beginne von vorne zu rechnen. Es bleibt bei 108 Nächten. Inklusive heute. 108 ist eine gute Zahl.

Am Anfang fand ich seine Vorstellung noch amüsant. Es war eine Augustnacht. Ich war seit genau siebenundzwanzig Tagen sein ständiger Besuch. Wir dösten in unseren Hängematten, als er sagte: »Morgen ist der Sechzehnte.«

»Na und?«

»Morgen ist Vollmond« , erklärte er bedeutungsschwer.

»Von mir aus«, antwortete ich. Der Mond bedeutete mir damals noch nicht viel.

Nächster Abend, gleiche Kulisse. Erich betrat feierlich die Dachterrasse, schritt wie ferngesteuert am Tisch vorbei, Kinn in die Höhe, Blick in die Ferne, die dampfende Auflaufform auf Armeslänge vor sich hertragend wie eine Opferschale. Seine Hände steckten in knallbunten Topfhandschuhen, seine Bistro-Schürze und seine Schuhspitzen waren bekleckert. Ein Duft umgab ihn, der mir bekannt vorkam. Er weckte Kindheitserinnerungen. Ich rief ihm etwas zu. Er war nicht ansprechbar.

Er marschierte in Richtung Vollmond und wurde nur durch das Eisengitter auf der Brüstung davon abgehalten weiterzugehen. Zwischen zwei Zypressen hielt er an, präsentierte dem Vollmond die dampfende, blubbernde Masse und deklamierte lauthals mit einem beeindruckenden Tenor über die Dächer von Norden ein Gedicht. Es kam ziemlich viel Mond darin vor. Dann drehten Erich und die Auflaufform eine Runde über die Dachterrasse, immer haarscharf am Geländer entlang, kehrten an die gleiche Stelle zurück. Noch ein Gedicht. Noch eine Runde.

Abschließend rief er dem Mond noch etwas Ungereimtes zu. Originalton Erich ging in etwa so: »Wenn du – o Mond – in der Lage bist, riesige Ozeane zu bewegen, dann wirst du es auch schaffen, das bisschen Flüssigkeit in dieser Auflaufform zu bewegen und ... !«

Er unterbrach sich, kam zu mir, stellte die Auflaufform auf den Tisch, zog die Handschuhe aus und sagte in gewohnter Tonlage: »Guten Appetit.«

»Was war das denn?«, fragte ich verwirrt.

»Was denn?«

Er konnte sich an nichts erinnern. Angeblich hatte er das glühend heiße Essen direkt von der Küche an den Tisch gebracht. Entsetzt starrte ich auf eine graubraune, zerfallene, undefinierbare Masse. Eine Ahnung beschlich mich. »Was soll das sein?«

»Kohlpudding.«

Ich habe etwas gegen Kohl. In jeder Form. Egal, wie liebevoll er zubereitet ist, ich finde ihn schrecklich. Er bläht und gärt im Inneren. Er hinterlässt einen Geschmack nach verbrannter Erde. Nach Tod. Er ist einfach eine Zumutung. Ich habe ihn ewig nicht gegessen, ich bin ihm aus dem Weg gegangen, jetzt, da ich ihn wiedersehe, weiß ich, warum. Und Erich wusste, was ich für Kohl empfinde, wir hatten darüber gesprochen. Er nahm Rücksicht darauf. Bis heute. Ich rührte das Besteck nicht an. Ich verweigerte mich.

»Iss!«, forderte er mich auf und grinste.

Vehement schüttelte ich den Kopf.

»Mir zuliebe!«, sagte er.

Das war Erpressung. Für ein Kohlgericht warf er unsere Freundschaft aufs Spielbrett wie einen Würfel. So einer war er.

Tapfer führte ich die Gabel, auf deren Spitze sich nicht mehr als ein halbes Gramm Kohlpudding befand, zum Mund. Ich versuchte zu schlucken, ohne zu schmecken, während ich mir eine Ausrede überlegte. Ein vergessener Termin, ein Anruf, eine plötzlich aufsteigende Übelkeit. Aber es kam anders.

Zu meinem großen Erstaunen schmeckte der Kohlpudding. Und zwar nicht einmal schlecht. Er wird nie mein Leibgericht werden, aber es geht. Eher in Richtung Fenchel. Oder Spargel. Mit einem Hauch von Koriander und Sahne. Oder war es Safran? Ingwer? Honig? Ich habe keine Ahnung. Es hatte keinen Zweck, Erich nach dem Rezept zu fragen, er kochte immer freihändig.

Ich aß und schwieg und dachte nach und kam zu dem Schluss, dass der Vollmond das Kohlgericht verzaubert haben musste. Erich hatte recht, wer sich nicht scheut, Sturmfluten und andere Katastrophen zu erzeugen, in denen Menschen und Tiere und Schiffe untergehen, der wird auch nicht davor zurückschrecken, sich an einem Kohlgericht für zwei Personen zu vergreifen. Anders war die Metamorphose nicht zu erklären. Es war der Mond. Definitiv. Ich behielt die Theorie für mich und malte mir lieber aus, welche herrlichen Gerichte Erich in Zukunft in jeder Vollmondnacht kochen würde.

Aber die Vollmondnächte blieben für den Kohlpudding reserviert. 108 Kohlpuddinge und immer die gleiche Zeremonie sollten auf diese erste Vollmondnacht folgen. Auch im Winter, wenn wir nach der Zeremonie in der Küche aßen. Im Lauf der Jahre fand ich heraus, dass es sich bei den Gedichten um Heinrich Heines »Süßer Mond« und Theodor Storms »Mondlicht« handelte, die Erich im Normalzustand nicht zu kennen vorgab.

Ich reibe mir die Schläfen, aber ich bekomme den Anblick einfach nicht aus dem Kopf.

Wie er eben – die Keramik-Auflaufform mit der heißen Masse in beiden Händen – die defekte Stelle des Eisengitters durchbrach. Wie sein Körper trudelte und sich überschlug. Wie seine Strickjacke sich aufblähte, wie er einen seiner Schuhe verlor, seine weite Leinenhose flatterte, seine dünnen Haare sich auffächerten wie zu einem Heiligenschein. Wie er die Auflaufform verlor, sie ihn überholte, er sie kurz vor der Landung einholte, sodass sie zeitgleich aufkamen. Erich und der Kohlpudding.

Noch haben sie nicht gegen seine Tür gehämmert. Ich verschwinde in meine eigene Wohnung. Ich dusche kurz und ohne Shampoo, trockne mich nicht ab, werfe meinen weißen Bademantel über, schlage den Gürtel lose um, tappe mit nassen Füßen und tropfend aus den Haaren und allen Poren wieder hinaus auf meinen handtuchgroßen Balkon, lehne mich über die Brüstung. Unten läuft das volle Programm. Krankenwagen und Notarzt und Passanten, Verkehrsstau.

In diesem Augenblick stoße ich einen durchdringenden Schrei aus. Er ist so markerschütternd, dass ich selbst vor mir erschrecke. Sein Echo entfaltet sich wie breites Band über die Dächer von Norden.

Die Resonanz ist entsprechend. Unten sehen alle hoch zu mir, alle Finger zeigen auf mich. Jeder bei uns im Haus und in den Häusern nebenan hat schon mindestens einmal gesehen und vor allem gehört, was Erich in Vollmondnächten hier oben veranstaltete. »Eines Tages fällt er noch runter«, hat mancher geunkt. Bemerkungen wie diese sind Wegbereiter.

Im Laufschritt eile ich - immer noch barfuß - zur Wohnungstür und stürze die Treppen hinunter. Zwei Stufen auf einmal. Ich muss aufpassen, dass ich auf dem glatten Stein nicht ausrutsche. Unten reiße ich die Haustür auf und beginne im gleichen Augenblick wieder mit der Schreierei, bei der ich mich dieses Mal in Lautstärke und Tonhöhe eher an den Gesängen orientalischer Klageweiber orientiere.

Von Erich und dem Kohlpudding ist nicht viel mehr übrig geblieben als ein großer feuchter Fleck und ein paar Scherben. Gerade fährt der Leichenwagen davon. Ich bahne mir einen Weg durch die Menge, folge dem erleuchteten Kreuz in der Heckscheibe mit ausgebreiteten Armen und rufe mehrmals: »O Gott! Nein! Bitte nicht! «

Ich habe vor zu laufen, bis ich zusammenbreche. Das kann bei meiner Kondition eine Weile dauern. Oder bis mich jemand aufhält. Aber das tut niemand. Lieber bildet man eine Gasse. Habe ich schon gesagt, dass bei uns in Norden nachts nichts los ist?

Ich bin die Attraktion der Nacht. Ich laufe wie Nurmi persönlich, große, leichte, nicht ermüdende Schritte. Dass ich in der Aufregung zu spät bemerke, dass mein Bademantel sich vorn öffnet und mehr von meinem noch feuchten, nackten Körper zeigt, als die Polizei erlaubt, nehme ich in Kauf. Mit einer gewissen Befriedigung sogar. Ich habe auch deswegen Jahre meines Lebens mit Joggen verbracht, um mich im entscheidenden Moment meines Körpers nicht schämen zu müssen.

Die Anwältin, die mit der Testamentseröffnung betraut ist, heißt Theresa van Dobben. Als sie mir mitteilt, dass Erich mir tatsächlich seine Wohnung samt Dachterrasse vererbt hat, freue ich mich wie ein Kind, das sein Geschenk schon kennt, weil es die Schränke seiner Eltern heimlich durchwühlt hat.

Eine Bedingung ist an Erichs Erbschaft gebunden: Kohlpudding soll ich kochen in jeder Vollmondnacht. Mir zuliebe, höre ich ihn mit leiser Erpresserstimme sagen. Aber gerne, denke ich, kochen heißt nicht essen. Und essen, fügt die Anwältin mit spitzem Mund hinzu. Sie wird den Vorgang überwachen. Erich hat an alles gedacht.

Die Vorstellung, diese Frau einmal im Monat auf meiner Dachterrasse sitzen zu haben, missfällt mir. Sie ist klein und dick, enorm dick. Ein unangenehmer Geruch nach ranzigem Parfum umgibt sie. Und mir gefällt die Art nicht, wie sie mich aus den Augenwinkeln ansieht. Ich glaube nicht, dass sie etwas ahnt, ich fürchte etwas anderes. Aber ich nehme die Erbschaft an. Die Dachterrasse ist das alles wert.

In Erichs Küche, die jetzt meine ist, finde ich kein einziges Rezept. Ich kaufe ein Kochbuch, eine neue Auflaufform und die Zutaten. Ich studiere tagelang die Zubereitungsweise und warte in Erichs Wohnung, die jetzt meine ist, auf den nächsten Vollmond.

In der Nacht des 14. Oktober ist es so weit. Die Prozedur geht mir ziemlich locker von der Hand. Zum guten Schluss füge ich ein wenig übermütig aus Erichs Gewürzschrank noch einige Details hinzu. Während die Auflaufform im Ofen steht, decke ich den Tisch für zwei Personen. In Erinnerung an Erich werden wir ein letztes Mal draußen auf der Terrasse essen, auch wenn es schon etwas zu kühl dazu ist.

Im Schaukelstuhl schaukele ich nervös hin und her und warte, dass die dicke Theresa kommt und ich den Kohlpudding aus dem Ofen nehmen kann. Vor die defekte Stelle im Eisengitter habe ich eine Zypresse platziert. Die Eisensäge habe ich selbstverständlich längst entfernt.

Theresa kommt. Ich führe sie auf die Dachterrasse, ziehe mich in die Küche zurück und beobachte sie durch das Fenster. Kaum hat sie einen Sessel unter sich begraben, trete ich mit der Auflaufform hinaus und mache, was Erich immer gemacht hat. Schritt für Schritt, Wort für Wort. Mit der Auflaufform in den Händen marschiere ich in Richtung Vollmond, drehe meine Runden, leiere hintereinander die beiden Gedichte herunter und beende die Zeremonie mit dem beschwörenden Satz: »Wenn du, o Mond, in der Lage bist, riesige Ozeane und so weiter und so weiter« und kehre eilig an den Tisch zurück.

Die dicke Theresa betrachtet mich verwundert.

»Keine Sorge«, erkläre ich ihr. »Ich bin nicht mondsüchtig. Aber Erich hat das immer so gemacht. Ich fühle mich der Tradition verpflichtet. Und außerdem, der Mond hat einen guten Einfluss auf den Kohl.«

Sie ist sichtlich gerührt von der Intensität unserer Freundschaft. Es läuft alles prima. Sie merkt nichts. Aus juristischen Gründen will sie aber selbst nichts essen, sondern mir nur zusehen. Sie spricht von Neutralität und Loyalität, aber ihr läuft dabei das Wasser im Mund zusammen, das ist nicht zu übersehen. Sie muss die schmalen Lippen zusammenpressen. Und sie sieht mich dabei wieder so seltsam aus den Augenwinkeln an. Sie wird doch nicht? Ich verwerfe den Gedanken und greife zu. Ich will es hinter mich bringen, den Kohlpudding und die dicke Theresa.

Kaum befindet sich die Menge, die eine Gabel tragen kann, in meinem Mund, gerate ich ans Würgen. Mit der Hand vor dem Mund laufe ich ins Bad. Mein Kohlpudding schmeckt völlig anders als Erichs. Extrem anders. Das verstehe ich nicht.

Ich kehre zurück und torkele an den Tisch. Theresa sitzt dort nicht mehr. Sie steht am Eisengitter neben der Zypresse, die die defekte Stelle verdeckt. Sie will mir zu Hilfe eilen, sie stößt sich ab mit aller Kraft, das Gitter bebt, sie erstarrt, sie dreht sich um, sie kontrolliert, sie tastet, sie fühlt, sie begreift.

Wie ein Model für Übergrößen kommt sie schließlich auf mich zu und lächelt verführerisch. »Mit Kohlpudding hat er Sie also all die Jahre einmal im Monat gequält.«

Was soll ich dazu sagen? Ich würge.

»Wie haben Sie das nur ausgehalten, Sie Ärmster?«

Ich würge.

»Anfangs war es nur der Tag selbst, nicht wahr? Später kamen die Tage davor und danach hinzu. Tage der Erwartungsangst und Rekonvaleszenz. Und dabei blieb es nicht. Sie haben sich hineingesteigert. Kohlpudding wurde zu Ihrer fixen Idee. Übrig blieben zum Schluss vielleicht fünf unbeschwerte Tage im Monat.«

Ich würge.

»Aber die waren es wert.«

Ich würge.

»Wegen dieser Dachterrasse, nicht wahr?«

Ich muss während des Würgens genickt haben, natürlich ohne es zu wollen.

»Es gibt zwei Möglichkeiten«, fährt sie fort und macht es sich wieder am Tisch bequem. Dieses Mal direkt neben mir. Unsere Arme berühren sich. »Ich lasse Sie auffliegen oder ich ...«

»Oder?«, frage ich mit erstickter Stimme.

Sie lächelt und ihre Augen versinken zwischen zwei dicken Falten. Sie rückt noch ein bisschen näher an mich heran. Da ist er wieder, der Geruch. Meine Ahnung hat mich nicht betrogen. Ein Schauer überläuft mich kalt. Ich gefalle ihr. Ich gefalle immer den falschen Frauen.

Ich werde das Rezept verbessern, die Gewürze weglassen, denke ich, ich werde die Mondanbetung seelenvoller gestalten, es wird schon irgendwie gehen. Es muss gehen. Es ist nur einmal im Monat. Die anderen siebenundzwanzig Tage gehören mir!

Aber das ist ein Irrtum, denn Theresa van Dobben bezieht nach einiger Zeit meine alte Wohnung und klopft von nun an täglich an meine Tür.

Second Hand

Selten fand Margret Lux Geld in den Taschen. Meist holte sie nur benutzte Taschentücher, abgestempelte Straßenbahntickets, Kekskrümel oder lose Bonbons aus den Seitentaschen, Brusttaschen oder Innentaschen der alten, gebrauchten Kleidungsstücke hervor, die von mildtätigen Mitbürgern gespendet worden waren. Und wenn sie doch einmal Geld fand, das war Ehrensache, wurde es in eine Spardose gesteckt. Davon wurde am Ende des Jahres die Weihnachtsfeier des Vereins bezahlt.

Margret arbeitete zusammen mit fünf anderen Frauen mittleren und fortgeschrittenen Alters in einem Secondhandshop. Ehrenamtlich. Dreimal in der Woche, dienstags, mittwochs und freitags von 16 bis 18 Uhr im Verkauf.

Die angelieferte Kleidung wurde zunächst fachmännisch begutachtet. Nicht mehr tragbare Ware wanderte in die Kleiderkammer. Gut erhaltene Mäntel, Jacken, Pullover, Blusen oder Hosen wurden, nachdem die Taschen leergeräumt waren, von den Frauen gewaschen oder in die Reinigung gebracht. Die Reinigungsgebühren kamen später durch den Verkauf wieder herein. Der Erlös ging an den örtlichen Integrationskindergarten.

Die saubere Kleidung wurde nach Art, Größe und Farbe sortiert und mit Preiszetteln versehen in die Regale gestapelt oder auf Bügel gehängt. Den kleinen Laden, früher ein Tante-Emma-Laden, hatte der Verein zu einem Spottpreis auf einer Nebenstraße angemietet. Er war vollgestopft bis in den kleinsten Winkel, auch im Hinterzimmer und im Keller standen die Kartons bis zur Decke.

Margret war noch nicht lange dabei. Aber sie liebte es.

Sie hatte nach einer Beschäftigung gesucht, für die sie ein paar Stunden in der Woche von zu Hause weg sein konnte und die ihr ein wenig Abwechslung und Gesellschaft bringen sollte. Sie brauchte beides dringend. Denn wenn ihr Mann von der Arbeit kam, wurde es ungemütlich. Die vier Stunden, von 17 Uhr bis Schlag 21 Uhr, wenn er endlich die Treppe in den ersten Stock hinaufstapfte und schlafen ging, waren die schlimmsten des Tages.

Bis er den Schlüssel in die Haustür steckte, war alles bestens. Margret schlief lange, frühstückte ausgiebig, studierte in der Zeitung die Todesanzeigen und die kleinen Unfallmeldungen, blätterte in ihrem Pflanzen-Lexikon, machte sich zurecht – jedenfalls an den Wochentagen, an denen sie in den Laden gehen wollte – und malte sich den lieben, langen Tag aus, was Walther Lux alles zustoßen könnte, damit sie ihn ein für allemal los wurde und er nie wieder mit griesgrämigem Gesicht um 17 Uhr von der Arbeit kam, nur um sie bis Schlag 21 Uhr zu drangsalieren.

Für ihn sah das ganz anders aus. In seinen Augen war alles sonnenklar: Seine Frau Margret war die Wurzel allen Übels. Selbst am Wetter und am Fernsehprogramm, an seinem Stress mit den Kollegen und dem Ausbleiben seiner Beförderung trug sie in seinen Augen allein durch ihre bloße Existenz die Schuld.

Auch das Essen, das sie für ihn kochte, war nie gut genug, mal zu heiß, mal zu kalt, mal zu scharf, mal zu fade. Immer war irgendetwas mit seiner Wäsche. Mal fehlten ein Knopf oder eine Socke, mal war ausgerechnet das Hemd, das er anziehen wollte, ungebügelt. Und erst ihre Einkäufe! Wie unwirtschaftlich und unüberlegt sie waren. Ohne jedes System. Wenn er die Haushaltskasse mit den Kassenzetteln verglich, fand er nicht nur Unnötiges und Überteuertes, sondern auch noch Unstimmigkeiten. Centbeträge!

Zugegeben, Margret half all diesen Tatbeständen ein wenig nach, aber erst nachdem sie festgestellt hatte, dass Walther akribisch danach suchte und erst zufrieden aufstöhnte, wenn er etwas zu bemängeln gefunden hatte und sie deswegen zur Rede stellen konnte.

Die Inquisition war nichts gegen die Befragungen, die dann kamen und bei denen er hinter dem Küchentisch saß wie ein Richter. Mit spitzem Bleistift pochte er drohend auf die Zahlen und befahl: »Ich wünsche eine Erklärung! Aber flott!«

Am liebsten wäre es Margret, Walther würde von einer Straßenbahn überfahren. Oder einem Auto. Wenn es nach ihr ginge, könnte er auch den Balkon herunterfallen oder die Treppe im Flur. Gift wäre zwar auch schön, es gab so schöne Pflanzengifte! Aber sie selbst durfte auf keinen Fall in Verdacht geraten, sie wollte sich nach seinem Tod ein schönes Leben machen. Auch eine unerwartete, tödliche Krankheit wie Herzinfarkt oder Schlaganfall würde sie notfalls akzeptieren, aber nur, wenn es schnell ging und sie ihn nicht wochenlang pflegen musste. Denn wenn Walther krank war, war er noch unerträglicher.

Die Hoffnung, dass er sich eines Tages selbst das Leben nehmen könnte, hatte sie längst begraben. Denn er machte ständig Pläne für die Zukunft. Schreckliche Pläne! Für die Zeit, wenn er nicht mehr arbeiten gehen musste. Dann wäre er zwölf Stunden lang am Tag in der Wohnung bei Margret! Nicht auszumalen! Dazu durfte es nicht kommen.

Wenn es dazu käme, würde Margret ins Wasser gehen. Das war nicht nur hochdramatisch, sondern auch endgültig, denn Margret konnte nicht schwimmen.

Es waren nur noch zwei Jahre bis zu dem Tag, an dem Walther in Rente ging. Nichts tat sich. Nie war er zur falschen Zeit am richtigen Ort! Kein Verbrecher nahm sich seiner an. Es war zum Verrücktwerden.

Allein die Stunden im Secondhandshop brachten Margret ein wenig Sonne ins Leben. Oft veranstalteten die Frauen mit den getragenen Klamotten Modenschauen und hatten Spaß miteinander. Sie schütteten sich ihre Herzen aus, man lästerte, man jammerte, man litt miteinander, andere hatten es auch nicht besser getroffen, das tröstete über das eigene Elend hinweg. Sie waren Freundinnen geworden.

Margret sprach selten über Walther. Sie war schließlich gekommen, um ihn zu vergessen. Aber wenn es sich nicht vermeiden ließ, dann sagte sie nur Gutes über ihn. Sie erfand andere Probleme, weil sie nicht ganz ohne dastehen wollte: Margrets Phantom-Schwiegermutter war die Schlimmste von allen, ein Drachen erster Güte, ein endloses Thema. Im Prinzip war sie wie Walther, aber das wusste außer Margret niemand.

An einem dieser Nachmittage zeigte Margrets Schicksal plötzlich und unerwartet Erbarmen. Es war ein Montag, sie war für eine ihrer neuen Freundinnen eingesprungen, die an einem Grippevirus litt.

In einem Männermantel, Größe 52, schwarz, Kaschmir, fand Margret in der Brusttasche einen kleinen, länglichen Karton und einen Zettel. Schnell ließ sie beides in ihrer Jackentasche verschwinden und arbeitete weiter, als sei nichts geschehen. Aber eine dunkle Ahnung ließ sie nicht los. Sie konnte einfach nicht bis zum Schluss bleiben, sie verabschiedete sich früher. Sie müsse noch einkaufen, sagte sie.

Sie ging in ein Café, setzte sich auf einen Stuhl mit dem Gesicht zur Wand und bestellte einen heißen Kakao mit Sahne. Für einen Kaffee war sie viel zu aufgeregt. Nachdem die Kellnerin sie bedient hatte, entfaltete sie den Zettel. Es handelte sich um eine mit einem blauen Kuli geschriebene Quittung.

Ein Dr. Achim Sonntag mitsamt Stempel, Anschrift und Telefonnummer in Köln bestätigte eine vierstellige Summe erhalten zu haben. Margret musste dreimal hinsehen: 7.540 Euro incl. MwSt. Für dieses Kartönchen? Der großzügige Spender war nicht eingetragen.

Sie öffnete das Kartönchen, das weiß und unbeschriftet war, und zog ein braunes Fläschchen mit Schraubverschluss hervor, das ebenfalls kein Etikett trug. Aber randvoll war. Das sah Margret sofort, als sie es schüttelte.

Sie trank einen großen Schluck Kakao und wischte sich mit dem Handrücken die Sahne von der Oberlippe. Sie öffnete den Schraubverschluss und hielt sich das Fläschen unter die Nase. Der Inhalt roch lecker nach Wald. Fichtennadeln für 7.540 Euro?

Margret erinnerte sich an Seite 56 ihres Pflanzen-Lexikons und verlangte kurzerhand von der Bedienung einen blauen Kuli. Sie übte die Handschrift des Arztes ein paar Mal auf der Serviette, ehe sie Walther Lux als zahlungskräftigen Teil des Geschäftes eintrug und hinauseilte. Beinah hätte sie vergessen, ihren Kakao zu bezahlen. Bei der Gelegenheit erstand sie ein Stück Kuchen für die kranke Freundin. Obstkuchen. Vitamine sind immer gut.

Die Freundin delirierte allerdings heftig im Fieber und bemerkte kaum den freundlichen Besuch. Und Appetit auf Kuchen hatte sie auch keinen, sie rührte das Bäckerpapier nicht an.

Nach der Hauptspeise – Kohlrouladen mit Salzkartoffeln und brauner Sauce – und Walthers üblichem Genörgel, mischte Margret die grün-braune, sämige Flüssigkeit aus dem Fläschchen wie eine delikate Sauce unter seinen geliebten Vanille-Fertigpudding und sah zu, wie er ihn in sich hineinlöffelte, seltsamerweise mit offensichtlichem Genuss.

Ebenso verwundert sah Margret zu, wie er sich wenig später in stundenlangen Krämpfen wand, um nach einem zähen Todeskampf das Zeitliche zu segnen.

Sie schlug ein Kreuz über ihm, ließ ein halbes Stündchen verstreichen, ehe sie nach der Polizei rief und ihr das leere Fläschen samt Rechnung schluchzend unter die Nase hielt. Jede Hilfe sei zu spät gekommen. Walther sei schon tot gewesen, als sie vom Besuch bei ihrer kranken Freundin zurückgekehrt sei.

Ein Dr. Achim Sonntag aus Köln wurde wegen des Verdachtes auf Sterbehilfe oder Beihilfe zum Mord an einem Mann verhaftet, den er angeblich noch nie gesehen hatte und der angeblich nicht einmal sein Patient gewesen sein sollte. Des Weiteren warf man ihm Betrug und Verstoß gegen das Arzneimittelgesetz vor, da es sich bei dem überteuerten Medikament nur um einen billigen, aber hochgiftigen Sud aus Eibennadeln gehandelt hatte.

Sein Motiv lag auf der Hand: Bereicherung. Beweismittel waren neben dem Fläschchen und dem Kartönchen und der Quittung auch ein Stück Obstkuchen, das schon Schimmel angesetzt hatte.

Wie immer die Richter am Ende entscheiden mochten, Dr. Achim Sonntag konnte seine Karriere getrost als beendet betrachten, was Margret in der letzten Reihe im Gerichtssaal bedauernd zur Kenntnis nahm, denn er war ein schlanker, sympathischer Mann, dem der Kaschmirmantel aus dem Secondhandshop niemals gepasst hätte. Margret hatte einen Blick für Kleidergrößen.

Steinfeld

Steinfeld! Ich bin's!«

Nachdem ich geklopft hatte, herrschte Stille. Ich klopfte wieder, da flog die Wohnungstür auf. Der Geruch, der mir entgegenschlug, ließ mich einen Schritt rückwärts gehen.

Ein geräumiges Zimmer, das an den kleinen Flur grenzte, war schwach beleuchtet und über und über mit Büchern vollgestopft. Man konnte die Wände nicht erkennen. Noch so ein Bücherwurm, dachte ich verbittert. Ich war ein gebranntes Kind.

Mann und Tochter zu Hause steckten die Nasen ununterbrochen in Bücher, waren kaum zu einem Gespräch mit mir in der Lage, lasen selbst während sie aßen, schliefen mit einem Buch in der Hand am Abend ein. Bücher so dick, dass ich mich stets fragte, wie sie die überhaupt stundenlang halten konnten, ohne dass ihnen die Arme abfielen. Erst gestern Abend hatte mein Mann wieder einmal versucht, mir das Buch aufzudrängen, das er gerade las. Welches? Da fragen Sie die Falsche. Eines ist wie das andere. Ein Buch ist ein Buch, nicht wahr? Eine schreckliche Angewohnheit, das Lesen. Eine Sucht, finde ich. Ich bin ihr nicht verfallen. Ich lese nur das Nötigste. Gebrauchsanweisungen zum Beispiel oder Kochrezepte. Und in den Illustrierten beim Friseur oder Arzt betrachte ich nur die Fotos.

Ich betrat den kleinen Flur und schob die Wohnungstür von innen zu. Ich wollte kein Aufsehen.

Mein erneutes »Hallo! Steinfeld?« klang nicht nach mir, sondern nach jemandem, der von weit weg herüberrief. Keine Antwort. Das Echo war gleich Null. Eigentlich hatte ich gar nicht so stark geklopft, dass die Wohnungstür von selber hätte auffliegen können. Und schließlich brannte ja auch dieses Licht im Zimmer. Vielleicht war er eingeschlafen.

Das Zimmer war ein Arbeits- und Schlafzimmer. Vor dem Fenster stand ein riesiger, völlig leerer Schreibtisch, der vom schwachen Licht einer Lampe mit Messingfuß beleuchtet wurde. Jemand hatte etwas in den Staub auf der Tischplatte geschrieben. Davor stand ein Drehstuhl, daneben ein ungemachtes Bett. Steinfeld lag nicht darin. Auf dem Fußboden waren auf den fleckigen Teppichen Kleidungsstücke verteilt. Das wunderte mich, hatte ich ihm doch erst vor zwei Wochen eine neue Haushaltshilfe vermittelt: Olga. Hoffentlich stellte sie sich bei seinen anderen, außergewöhnlichen Wünschen geschickter an.

Ein Blick zurück in den Flur: Seinen Schlüssel hatte Steinfeld mitgenommen, seine Garderobe auch, denn die Haken am Türblatt waren leer. Vielleicht hatte er vergessen abzuschließen. Ich wollte auf ihn warten. Heute war Zahltag. 20.000 Euro waren fällig für Olga.

Ich überquerte die fleckigen Teppiche auf Zehenspitzen, als wären sie ein Minenfeld, und arbeitete mich bis zum Schreibtisch vor. Wo 237!!! stand da in wackliger Schrift mit drei Ausrufezeichen im Staub.

Typisch Steinfeld, so kannte ich ihn, er liebte Rätsel, er liebte Spielchen, er forderte sein Gegenüber gern heraus, um zu prüfen, ob es ihm gewachsen war. Er war es auch gewesen, der mich auf die Idee gebracht hatte, in meiner Agentur für Haushaltshilfen nicht nur gewöhnliche Dienstleistungen zu vermitteln, sondern auch auf extravagante Wünsche einzugehen, die um ein Vielfaches großzügiger honoriert wurden.

Ich prägte mir den Code ein, das fiel mir nicht schwer, irgendwie hatte ich das Gefühl, ihn schon einmal gesehen zu haben. In einem Reflex wischte ich ihn danach weg. Ich bin immer sehr vorsichtig.

Deswegen kontrollierte ich auch die anderen Räume. Vom kleinen Flur gingen zwei weitere Türen ab, die ich öffnete und schloss, ohne fündig zu werden. Küche und Bad erwarteten ebenfalls sehnsüchtig die reinigende Hand einer aufopferungsvollen Frau. Ich fragte mich, was Olga und Steinfeld wohl in den letzten vierzehn Tagen getrieben hatten.

Im Kühlschrank lag ein Sixpack Dosenbier. Einen Balkon gab es nicht. Ich war allein in der Wohnung. Das musste nichts heißen.

Zurück im Zimmer setzte ich mich auf die Bettkante und blickte auf die Regale an den Wänden. Steinfeld hatte diese Bücher alle vom ersten bis zum letzten Buchstaben gelesen, davon war ich überzeugt. Bis auf das Summen der Schreibtischlampe, die auf die sauber gewischte Stelle schien, war es sehr still im Raum. Ab und zu fuhr draußen ein Auto über die regennasse Straße. Ich wartete und dachte nach. Steinfeld konnte nicht weit sein. Wegen der Lampe. Und wegen des Sixpacks. Ein Mann lässt kein Sixpack im Kühlschrank zurück.

In den letzten Tagen hatte ich versucht, ihn telefonisch zu erreichen. Ich hatte jeweils um 12.00, um 16.00 und um 20.00 Uhr angerufen. Vergeblich. Ich hatte auf seinen Anrufbeantworter gesprochen und keinen Rückruf erhalten. Er schien ein viel beschäftigter Mensch zu sein.

Das war ich auch. Ich hatte viel Zeit, Geld und Aufwand in seinen neuen Auftrag gesteckt, ehe ich die Richtige für ihn gefunden hatte. Auf ihr Äußeres hatte Steinfeld keinen Wert gelegt. Anderes war ihm wichtiger. Sie sollte keine Deutsche sein. Steinfeld hatte mit deutschen Frauen angeblich schlechte Erfahrungen gemacht. Mit Olga sollte ihm das nicht passieren. Olga war anspruchslos und gehorsam.

Und jetzt war er weg. Und ich musste wohl oder übel den verdammten Code knacken, wenn ich an mein Geld kommen wollte.

Wo 237.

In der vagen Hoffnung, die Kombination beziehe sich auf den Teil eines Autokennzeichens, eine Hausnummer, eine Telefonnummer, ein Schließfach bei Post oder Bank oder Bahnhof, durchkämmte ich noch am gleichen Tag unsere kleine Stadt und das Neubaugebiet im Westen, befragte in meinem Büro das Internet und zermarterte mir das Hirn. Das kostete Zeit. Und Nerven.

Irgendetwas sagte mir, Steinfeld sehe mir zu, wie ich ackerte, und lache sich kaputt. Nicht mit mir. Nicht umsonst führe ich eine Kartei meiner Kunden. Auf Steinfelds Karte stand in der Zeile »Beruf«: Buchhändler. Ich musste also nur in sein eigenes Geschäft gehen oder seinen Arbeitgeber finden.

Gegen Mittag des nächsten Tages wusste ich, dass Steinfeld nicht selbstständig war. Warum wunderte mich das? Sein Arbeitgeber war niemand anderer als die Stadt. Unsere Stadt. Er arbeitete in der Stadtbücherei.

Eine Mitarbeiterin dort verkündete, sie gebe am Telefon keine Auskünfte. Ich machte mich also auf den Weg ans andere Ende der Stadt. Kollege Steinfeld habe Urlaub genommen, erfuhr ich von ihr vor Ort, nachdem ich mich als eine entfernte Verwandte und sie sich als Frau Kuhn vorgestellt hatte. Er wolle heiraten. »Wussten Sie das nicht?«

Dieser Bastard, dachte ich. »Er hat mir nichts gesagt. Wie lange hat er denn Urlaub?«

»Ich nehme an, drei Wochen.«

»Können Sie mir das genauer sagen?«

»Da muss ich im Büro nachsehen«, sagte Frau Kuhn.

»Würden Sie das für mich tun?« Ich lächelte mein schönstes Lächeln. Ich konnte sehr verbindlich sein. Das muss man auch in meinem Beruf. Während es für eine Bücherei-Angestellte offensichtlich andere Kriterien gibt.

»Moment bitte«, wurde ich um Geduld gebeten.

Während ich auf die Auskunft wartete, ließ ich meine Blicke durch die langen Gänge zwischen den Regalen schweifen. Ich war zum ersten Mal in einer Bücherei. Es war kein Ende zu sehen. Wie in einem Labyrinth. Und dazu diese Stille, die in meinen Ohren rauschte! Der Teppichboden verschluckte meine Schritte, als ich mich auf den Weg machte. Ich fühlte mich beobachtet. Was würde geschehen, wenn ich hier einen Hustenanfall bekäme oder mein Handy klingelte?

Die Buchrücken waren mit bunten Klebestreifen versehen. Ich trat näher. Jeweils zwei Buchstaben gehörten zu ein bis vier Zahlen. Von Hoffnung getragen schritt ich dem Alphabet folgend die Regale entlang. Zwischen Wo 236 und Wo 238 klaffte eine schmale Lücke. Ich war eben einfach kein Gewinnertyp. Das Leben hat es mir immer schwer gemacht.

Während ich noch darüber nachdachte, hörte ich eine Stimme hinter mir. »Wie ich schon sagte: drei Wochen.«

»Und wann sind die um?«, fragte ich, ohne mich umzusehen.

»Sie haben vor zwei Tagen erst begonnen.«

»Gut.« Ich versuchte meine Stimme unter Kontrolle zu halten. In meinem Inneren brodelte es. »Sagen Sie mal, welches Buch fehlt denn hier?«, fragte ich und legte zwei Finger in die Lücke.

»Wo 237. Meinen Sie das?«

»Exakt.«

»Es muss ebenfalls von Woolrich sein, sehen Sie, weil Wo 236 und Wo 238 auch beide von Woolrich sind.«

»Wie es heißt, möchte ich wissen«, sagte ich ein wenig schärfer. »Der Autor interessiert mich nicht.«

»Das muss ich im Büro nachsehen.«

»Tun Sie das. Warten Sie, sehen Sie auch gleich nach, wer es ausgeliehen hat.«

»Das geht nicht. Diese Auskunft unterliegt dem Datenschutz.«

»Vielleicht Steinfeld selbst?«, fragte ich.

»Vielleicht«, gab Frau Kuhn vorsichtig zurück.

Ich verbrachte die Zeit des Wartens mit dem Studium der anderen Etiketten. Das System war leicht durchschaubar. Ich hätte aber im Traum nicht gedacht, dass es so viele Bücher auf der Welt gibt. Dabei sind es ja sogar noch viel mehr. Denn unsere Stadt ist eine kleine Stadt. Noch dazu in der Eifel. Wer um Gottes Willen soll das alles lesen, fragte ich mich. Und wann? Und wozu?

Als Frau Kuhn zurückkam, verkündete sie mit einem gewissen Stolz, als habe sie das Buch selbst geschrieben: »Es handelt sich um *Das Fenster zum Hof* und ist, wie ich schon sagte, von Cornell Woolrich.«

»Blödsinn! *Das Fenster zum Hof* ist von Alfred Hitchcock, veräppeln Sie mich nicht.«

»Aber das ist doch nur der Film, Frau ...«

Jetzt reichte es mir. Ich presste sie gegen ein Regal. »Ja, ja, ich weiß, ich sollte mehr lesen, sagt mein Mann auch immer. Aber das geht Sie überhaupt nichts an. Wann kommt dieses gottverdammte Buch zurück?«

»In vier Wochen, wenn die Frist nicht verlängert wird.«

»Vergessen Sie es. Darauf kann ich nicht warten.«

Ich setzte meine Hoffnung zunächst einmal auf den Titel und kehrte zurück zu Steinfelds Haus. Wenn es dahinter keinen Hof gab, blieb immer noch der Autor, um dessen Biografie ich mich kümmern konnte. Wenn alle Stricke rissen, musste ich mich eben überwinden und doch dieses Buch kaufen und lesen. Oder vielleicht beim Verlag anfragen, überlegte ich, während ich durch einen Hinterausgang eine Fläche betrat, um die sich vier etwa gleich hohe Häuser scharten.

Ein veritabler Innenhof. Nicht schlecht für den Anfang. Er lag im Schatten, die abendliche Sonne stand hinter den Häusern. Ich orientierte mich kurz, glaubte Steinfelds Fenster gefunden zu haben und sah angestrengt in die vierte Etage hinauf. Nichts Auffälliges war dort festzustellen. Niemand stand hinter der verschmutzten Scheibe und drückte sich die Nase platt. Kein Vorhang wurde eilig zugezogen. Auch nicht neben, über oder unter seiner Wohnung.

Nun stellte ich mich genau vor die Fensterreihe und versuchte mir vorzustellen, was von seinem Fenster aus zu sehen wäre. Das Ergebnis war frustrierend: spielende Kinder, auf den Bänken Mütter, die rauchten und sich unterhielten, ein herrenloser Hund, zwei Halbwüchsige, die Fußball spielten, eine Frau mit Einkaufstasche. Siedlungsidylle.

Ich lehnte mich an die Hauswand, steckte die Hände in die Manteltaschen und ließ meine Blicke suchend über das Gelände schweifen. Irgendwann blieben sie haften zwischen der Heizungsanlage, den Müllcontainern, einem Sandkasten und dem Ausgang der Tiefgarage, alles halb verdeckt hinter verwahrlostem Gebüsch.

Ich stieß mich von der Wand ab und näherte mich unauffällig. Bei meiner vorsichtigen Inspektion stellte ich fest, dass es neben dem Ausgang der Tiefgarage eine Eisentür gab. Sie war mit einem Kettenschloss versperrt.

Mein Bolzenschneider lag im Auto unter dem Fahrersitz. Ich versteckte ihn unter meinem Trenchcoat. Als ich begann das Schloss aufzubiegen, wurde ich erwischt. Zwei kräftige Halbwüchsige, vermutlich von ihren gelangweilten Müttern aufgehetzt, pfuschten mir ins Handwerk und hielten mich fest, bis die Polizei anrückte.

In dem fensterlosen, muffigen Raum, den wir gemeinsam betraten, saß eine Frau zwischen allerlei Gerümpel und Schrott. Sie hatte nur Wasser und Brot, schien aber dennoch in bester Verfassung. Es war Olga.

Sie sprang auf und kam mir entgegen. »Endlich mich gefunden!« Sie streckte mir einen braunen Umschlag entgegen. »Das für Sie, Grüße von Steinfeld.«

Meine Freude hielt sich in Grenzen. Ich wandte mich ab und gab vor, sie nicht zu kennen.

Einer der Uniformierten schnappte sich den Umschlag. Ich musste mit ansehen, wie er meine 20.000 Euro Schein für Schein daraus hervorzog.

»Das ist für Frau!«, protestierte Olga.

Vergebens.

Als mein Mann mich in der U-Haft besuchte, erklärte ich ihm, dass mein Schicksal davon abhänge, wann Steinfeld endlich wieder auftauche und dass mir hundeelend sei.

»Ich hab was für dich«, sagte er, legte ein Buch auf den Tisch und schob es zu mir herüber. »Das wird dich ablenken. Ich habs noch nicht aus, aber ich lass es dir gern hier.«

Ein Lesezeichen steckte etwa in der Mitte zwischen den Seiten. Ein weißer Klebestreifen leuchtete mir vom Buchrücken entgegen. Leise murmelte ich den Titel vor mich hin. Auf der Rückseite des in Folie eingeschweißten Bandes befand sich ein Foto des Autors: ein grauhaariger Tausendsassa.

»Nein, nein, nein!«, schrie ich und trommelte auf die Tischplatte. Wie ich ihn hasste, diesen Cornell Woolrich.

Hinter dem großen Wasser

Wenn sie dir von mir erzählen, lieber Vince, bin ich längst weg. Ich habe meine Hammer in die Hufe genommen und unseren Lieblingswald verlassen. Ihr werdet mir fehlen, aber es ist besser so, glaube mir, für die ganze Rotte. Denn man wird mich suchen. Und wie ich die Grünen kenne, werden sie nicht ruhen, ehe sie mich gefunden haben und dabei vor nichts zurückschrecken.

Und hör auf, nach Mutter zu suchen. Einer von ihnen hat sie getötet. Mitten in der Nacht. Mitten in den Bauch. Mitten ins Herz.

Feige aus dem Hinterhalt. Das tun sie immer. Sie locken uns mit allerleckerstem Futter an, dem wir nicht widerstehen können. Und wundern sich dann, wenn wir uns wie wild vermehren. Sie sind nicht stärker als wir, stärker sind nur noch diese schnellen, bunten, rollenden Kisten. Andere Feinde haben wir nicht mehr. Die haben die Grünen auch schon alle vernichtet. Jetzt sind wir dran.

Ehrlich gesagt, ich weiß nicht, wie sie es anstellen. Es gibt keinen ehrlichen Kampf, in dem Kraft und Klugheit entscheiden, sie berühren uns nicht einmal, sie sind zu weit weg dafür. Es knallt und donnert und stinkt nach Feuer, und einer von uns hat im gleichen Augenblick ein großes Problem.

Verwundet. Tot. Na ja, das hat Mutter dir sicher auch schon alles erzählt, bevor … jedenfalls, dieses Mal hat sie es voll erwischt.

Als dieser Grüne danach von seinem Ausguck herunterkletterte, ist er erst herumgetorkelt und dann der Länge nach hingefallen. Ich sag's dir, das kommt davon, dass sie nur auf zwei Beinen gehen, als wären sie etwas Besonders.

Das können wir auch, oder Vince, aber wozu soll das gut sein?

Wie er da so lag, bin ich hingetrabt und aus lauter Wut so lange über ihn hinweggetrampelt, bis er sich nicht mehr rührte. Mir standen die Borsten zu Berge. Ich hätte ihn auch mit meinen Hauern aufschlitzen können, habe ich aber nicht. Wirklich nicht. Aber ich wünschte, ich hätte es getan. Verdient hätte er es.

Weil plötzlich eine ganze Horde Grüner durch den Wald kam, habe ich mich sicherheitshalber verkrümelt und aus dem Unterholz mitansehen müssen, wie sie Mutter und den Mörder mitgenommen haben. Keine Ahnung, was sie mit Mutter anfangen wollen. Werden sie sie fressen? Ich bin nur froh, dass sie keinen anderen von uns gefunden haben. Und vor allem nicht dich, Vince.

Denn du wirst jetzt gebraucht. Du kennst das Gesetz. Du weißt, was nun passieren muss. Deine Aufgabe ist es jetzt, der Reihe nach alle Bachen in unserer Rotte decken. Mutter kann dich nicht mehr hindern. Viel Spaß! Ich beneide dich! Ich hätte das auch gerne gemacht.

Das gibt wieder jede Menge Frischlinge im Sommer! Ha! Dann regen sich die Grünen wieder richtig auf. Das ist unsere Rache.

Sie kennen uns und unsere Gesetze nicht. Woher auch? Uns gibt es ja auch erst seit hunderttausend Jahren. Stümper! Und dieser eine, der Mutter auf dem Gewissen hat, erst recht.

Wahrscheinlich konnte er nicht erkennen, dass er ausgerechnet unsere Chefin tötete. Weil es Nacht war, kein Schnee lag, der Vollmond sich hinter Wolken versteckte. Ich frage mich, ob er vielleicht krank war. Wegen dem Torkeln, meine ich. Außerdem roch er so komisch aus dem Hals, nach verbrannter Erde. Aber nein, ich nehme an, er hatte einfach genug vom Warten und schoss auf das Größte, das sich bewegte.

Und das war sie, unsere Mutter.

Sie hat nur nach Willy gesucht, Vince. Und dabei alle Vorsicht vergessen. Der Kleine war wieder mal ausgebüchst. Aber macht ihm bloß keine Vorwürfe. Er kann nichts dafür. Er ist noch ein Frischling. Dass unsereins die Rotte über alles geht, hat der Grüne schamlos ausgenutzt. Ich wünsche ihm die Pest an den Hals!

Ich bleibe in der Eifel, Vince, das ist Ehrensache. Hinter dem großen Wasser, den Hügeln, wo früher die riesigen Raupen rollten, dem Turm aus Stein und dem besten Komposthaufen der Welt. Mach dir um mich keine Sorgen, ich komm schon durch. Irgendwie.

Und du, sperr die Lichter und Teller auf und halte dich fern von Feldern und Siedlungen. Sag das auch den anderen. Seid vorsichtig und wenn euch der Gestank der Grünen vor den Wurf kommt, dann macht's wie ich, nehmt die Hammer in die Hufe.

Das alles sagt dir dein großer Bruder

Wuuddy

Ritterspiel

»Die letzte Ferienwohnung, die frei war.« Peter wedelte mit der Buchungsbestätigung. »Ohne Garantie. Hoffentlich taugt sie was.«

Anja fiel ihm um den Hals.

»In Reifferscheid. Weißt du überhaupt, wo das ist?«

»Nein! Aber das ist mir auch egal.« Anja wäre überall hingefahren, Hauptsache, sie kam mal zuhause raus. Peter hatte vor fünf Jahren seine Selbstständigkeit als Steuerberater begonnen, seitdem waren sie nicht mehr gemeinsam in Urlaub gewesen. Kein Wochenende ohne Arbeit.

»Und wann?«

»Morgen.«

»Schon? Das ging aber schnell. Ich müsste noch waschen und einkaufen und ...«

»Wir lassen einfach alles stehen und liegen, wie früher, ja?«

»Na ja«, Anja war irritiert. Es war nicht mehr wie früher. Nichts. Sie waren beide komplizierter geworden. Entscheidungen dauerten viel länger als früher. Sie hatten die Kinderfrage immer noch nicht geklärt. An Anja lag das nur insofern, als ihre biologische Uhr tickte. Peter konnte sich nicht durchringen. Für ihn schienen Kinder ein einziges Rechenexempel. Ein Steuerposten.

Ob er vielleicht jetzt etwas plante? Anja musterte ihn. Er sah besorgt aus und angespannt.

»Ein paar schöne, romantische Tage. Von Montag bis Donnerstag.«

Ach, wenn es doch nur so wäre. Sie hatten es beide verdient.

Die Ferienwohnung lag leider nicht im historischen Ortskern, der sich innerhalb des Burgberings um die große Anlage mit dem runden, weißen Burgfried in schmalen Häuschen und Gässchen drängte, sondern unten im Tal.

Der Vermieter erwartete sie zur verabredeten Zeit. Er stand im Hauseingang und war noch jung, Ende zwanzig, schätzte Anja. Seine lockigen, blonden, schulterlangen Haare fielen ihr auf. Er war groß, größer als Peter, und breitschultrig und füllte den Türrahmen aus. Auf seine Kleidung schien er keinen Wert zu legen. Sie hing unordentlich an ihm herunter, bestand aus einer weiten Jeans und einem verwaschenen T-Shirt.

»Ich bin der Johann«, begrüßte er sie in einem tiefen Bass, bat sie herein und zeigte ihnen mit großen, einladenden Gesten die Zimmer. Unten Küche und Wohnzimmer, über eine steile Holztreppe waren eines der Schlafzimmer und das Bad zu erreichen, über eine weitere, die unter die Dachschräge führte, eine Art Gäste- oder Arbeitszimmer. Holzböden, Rauputz und antike Möbel machten die Wohnung zu einem Kleinod.

Anja war entzückt. »Ein ganzes Haus für uns allein.«

Dass der Ausblick von allen Fenstern aus bereits vor dem nächsten Haus endete, störte sie nicht. Sie hatten vor, viel unterwegs zu sein, zu Fuß oder mit dem Auto die Gegend zu erkunden. Oder im Bett beieinander zu liegen.

»Ich wohne oben im Dorf«, sagte Johann und überreichte Anja einen Schlüssel. »Falls was ist.«

»Auf der Burg?«, fragte Anja.

Er zögerte einen Augenblick, ehe er sagte. »Die Burg ist nicht bewohnt.«

»Wie denn auch?«, meinte Peter. »Ist ja eine Ruine.«

Johann zog ungehalten eine Augenbraue in die Höhe, tat aber, als hätte er die Bemerkung nicht gehört. »Ich wohne in der Freiheit.«

»Sie haben es gut«, lachte Peter.

Johann verbesserte ihn. »So heißt die Straße. Wenn Sie durch das Matthiastor kommen, direkt das übernächste Haus rechts. Eine schöne Zeit wünsche ich Ihnen.«

Als Peter das Auto auslud, stellte Anja fest, dass er sein Laptop mitgenommen hatte, eine extra Maus und eine extra Tastatur. Diese Ausrüstung sagte eine Menge darüber aus, wie er sich den Ablauf der freien Tage vorstellte. Wie blauäugig von ihr, zu glauben, er denke nur an Kinder. Sie würde ihre liebe Not haben, ihn vor die Tür zu bekommen oder zu einem Gespräch zu überreden.

Als sie am ersten Morgen wach wurde, war das Bett neben ihr leer. Eine Weile lag sie sinnend da und beobachtete durch das kleine Sprossenfenster den Zug der Wolken. Es war ein schöner Abend gewesen. Nach einer Runde durchs menschenleere Burgdorf wären sie gern ins *Café Eulenspiegel* eingekehrt, das sich vor dem Eingang zur Burganlage befand, das aber leider nur am Wochenende geöffnet hatte. Das Haus, in dem Johann wohnte, schien leer zu stehen. Oder hatten sie sich geirrt? Keine Gardinen, kein Licht. Ohne Abendessen waren sie einfach ins Bett gegangen ... so wie früher. Das fing gut an. Jetzt knurrte ihr Magen.

»Wetten, dass er arbeitet«, sagte sie sich, rappelte sich hoch und lief auf nackten Füßen in den Flur. Bis auf ein leichtes unregelmäßiges Klicken war im Haus nichts zu hören. Sie lief die Stufen hinauf. Da saß er, in Schlafshorts vor dem Laptop, die Haare zu Berge, eine Hand auf der Maus, die andere auf der Tastatur, unter der Dachschräge und bemerkte sie nicht einmal.

»Holst du Brötchen?«

Erschreckt fuhr er hoch. »Ja, natürlich. Zu Befehl!« Zwei Schachzüge und das Laptop war ausgeschaltet. »Ich zieh mir schnell was an. Im Prospekt stand, der nächste Bäcker ist in Blumenthal. Das sind nur drei Kilometer.«

Anja sah ihn ins Auto steigen und davonfahren. Sie setzte Kaffee auf und deckte den Tisch. Sie hatten sich das Nötigste fürs Frühstück von Zuhause mitgebracht. Dann ging sie auf und ab, schaltete das Radio ein und warf einen Blick auf den Inhalt der Schränke. Es war alles da. Gläser, Töpfe, Pfannen, Besteck. Alles blitzsauber, alles in ausreichender Anzahl. Sie öffnete die Fenster, lehnte sich hinaus, sah nichts, schloss sie wieder. Peter brauchte lange, fand sie.

Sie setzte sich in einen der Sessel und studierte die Prospekte, die ihr aufmerksamer Vermieter bereitgelegt hatte. Als sie den Schlüssel in der Haustür hörte, rief sie: »Endlich! Ich hab einen Hunger.«

Sie bekam keine Antwort, hörte nur schwere Schritte, nicht das Knistern der Brötchentüte, und sah auf. Im gleichen Augenblick erschien Johann in voller Größe in der Wohnzimmertür. Anja bedeckte mit dem Prospekt ihre nackten Beine und schluckte.

»Guten Morgen!«, rief er, aufgeräumt und als wäre es völlig selbstverständlich, da zu stehen. »Gut geschlafen?«

Anja nickte. »Mein Mann ist beim Bäcker«, sagte sie.

»Ich weiß.«

»Er muss jeden Moment kommen.« Sie spürte, dass ihre Stimme zitterte.

»Soll ich Ihnen die Burg zeigen?«

»Jetzt?«, fragte Anja entsetzt.

Er lächelte, eine Spur verächtlich. »Sagen wir mittags, um zwölf Uhr?«

»Wir kommen gerne.«

»Ich erwarte Sie am Café.«

Peter fand es ausgesprochen nett, dass sich ihr Vermieter

um sie bemühte. »Wenn er von hier ist, weiß er mehr als jeder Prospekt. Du wirst sehen.«

»Das mag sein. Ich meine ja auch nur sein Auftauchen. Weißt du, wie sehr ich mich erschreckt habe?«

»Das Haus hat keine Klingel.«

»Er hätte klopfen können.«

»Vielleicht hat er das getan. Das Radio lief. Du hast es nicht gehört.«

»Und wie er aussieht! Und sein Name! Jedenfalls fahre ich morgen mit zum Bäcker.«

Die Besichtigung der Burg Reifferscheid fand ohne Peter statt. Er hatte gerade eine Lücke in einer Kalkulation gefunden, die, wenn er sie jetzt auf sich beruhen ließe, innerhalb von Stunden zu einem unüberwindbaren Graben heranwachsen würde. Allein wollte Anja zunächst auch nicht gehen.

Aber ihre Bedenken waren unangebracht. Johann entpuppte sich als kundiger Fremdenführer. Mit Feuereifer erläuterte er die Burganlage bis ins Detail. Verliese gab es reichlich, halb unterirdisch eingelassen und mit Eisengittern und Schlössern gesichert. Er sprang von einem Bereich in den nächsten und gab dabei einen kurzen historischen Abriss der Geschichte, die immerhin schon vor neunhundert Jahren begonnen hatte. Immer wieder fielen Ritternamen, Gerhard, Heinrich, Philip, sogar Johann. Anja registrierte es.

Als sie unbedingt auf den Burgfried klettern wollte, hielt er sie ab. Heute nicht. Es sei zu diesig für eine gute Sicht. Ein anderes Mal. Eine letzte Runde durchs Dorf am Friedhof und der Kirche vorbei, und sie verabschiedeten sich.

Kein Mal war er Anja zu nah gekommen. Es war eher ein bisschen andersherum. Sie hatte es nicht vermieden ihm zu nahe zu kommen, natürlich nur, wenn es sich ergab. Er hatte eine Art, durch sie hindurch und gleichzeitig nirgendwohin zu sehen, wie es normalerweise nur Kurzsichtige vollbringen. Seine Augen waren grün. Sie hätte ihn gern nach seinem leeren Haus gefragt.

»Wie war's?«, fragte Peter ohne hochzusehen.

»Er hat eine hohe ... Identifikations ... schwelle.« Manchmal wählte sie solche Worte, um zu sehen, ob er zuhörte.

»Aha.« Aha bedeutete, er hörte nicht zu.

Am Abend vor dem Fernseher, in einer Werbepause, brachte Anja das Gespräch vorsichtig auf ihre Zukunft.

»Hast du noch mal drüber nachgedacht?«

Nur schwer trennte Peter sich von dieser AXA-Reklame.

»Worüber denn?« Als er keine Antwort bekam, sah er sie verwundert an. »Du meinst doch nicht etwa schon wieder die Kinderfrage?«

»Warum nicht?«

»Nicht schon wieder. Anja, hab doch ein wenig Geduld. Wir machen es, wenn es passt. Das hab ich dir doch versprochen.«

»Was passt?«

»Alles. Die Umstände, die Zeit, das Gefühl ...«

»Und die Gesetzeslage«, unterbrach Anja ihn.

»Aber nein, ich mache doch mein Lebensglück nicht davon abhängig. Komm her!«

Er schaltete den Fernseher aus, nahm sie in den Arm, küsste sie und tat, als ob nun alles wieder gut sei. Dabei konnte er doch nicht vergessen haben, dass sie schon von Scheidung gesprochen hatte, wenn er nicht bald nachgab.

Am nächsten Morgen, als Anja Peter wieder vor seinem Laptop vermutete, war er schon zum Bäcker gefahren, obwohl er sie doch mitnehmen sollte. Das Auto stand nicht vor der Tür.

Sie machte Frühstück, ging wieder auf und ab, schaltete das Radio ein, öffnete und schloss die Fenster und studierte wieder Prospekte. Sie gestand sich ein, nicht nur auf Peter zu warten.

Aber Johann kam nicht.

Wohl aber glaubte sie, ihn an den Fenstern vorbeigehen zu sehen. Einmal. Nur einmal.

Nach dem Frühstück musste Peter erst wieder ein paar Stunden arbeiten, ehe er Zeit für Anja hatte.

»Ich mag aber nicht so lange hier sitzen«, maulte sie.

Das verstehe ich ja«, sagte er in Gedanken.

»Und?«

»Ach, nimm doch einen dieser kleinen Rundwege. Dann kannst du dich nicht verlaufen. Wenn du zurück bist, machen wir einen Ausflug mit dem Auto.«

War es Glück oder Zufall, dass sie auf dem Rückweg, als sie den Berg heraufkam, Johann erblickte? Er stand mitten im Matthiastor. Ein großer dunkler breitbeinig stehender Schatten. Die Arme, ausgestreckt, reichten fast von der einen Torwand zur nächsten. In seinen hellen Locken stand die Sonne. In seiner Stimme klang das Echo mit. »Heute ist eine gute Sicht.«

Das stimmte. Aber der Wind war heftig und kalt und pfiff durch das Tor. Anja musste sich fest dagegen stemmen. Johann stand da wie ein Fels in der Brandung.

Am geschlossenen *Café Eulenspiegel* vorbei betraten sie die erhöht liegende Burganlage. Hier verwandelte sich der Wind in einen Sturm, jagte in verschiedenen Tonhöhen an den Gemäuern entlang. Mal klang er wie ein spitzer Schrei, mal war da ein dunkles Brausen zu vernehmen, er konnte aber genau so gut zischen und toben.

Auf dem Weg zum Burgfried klang er plötzlich wie ein Wimmern, das begleitet wurde von einem Rasseln und Klirren. Ehe Anja den Fuß auf die unterste Stufe setzte, sah sie sich furchtsam um.

Für einen Moment schien es ihr, als klammerten sich im unteren Teil zwei Hände um eines der Eisengitter. Direkt hinter ihr. Voller Grauen wandte sie sich ab, das konnte nicht sein, die Fantasie ging mit ihr durch, und sie sah doch wieder hin. Waren das nicht weiße Fingerknöchel? Kam von dort nicht auch das Wimmern? Sie musste nachsehen.

Johann war gerade aus ihrem Sichtfeld verschwunden. Anja lief an das Eisengitter heran, bückte sich und versuchte etwas zu erkennen. Die Hände rüttelten weiter, das Wimmern verstärkte sich. Die Umrisse eines schmutzigen Gesichtes im Halbdunkeln ... o Gott! Nein!

»Peter!«, schrie sie und fiel auf die Knie. Sein Mund war zugeklebt, seine Augen weit aufgerissen. Er lag auf den Knien, wie sie, nur eine halbe Etage tiefer. »Peter!«

Hilfe! Johann! Wo steckte er nur? Das Café! Nein, es war doch geschlossen. Aber die Kirche. Der Pastor. Sie musste irgendwo klingeln ... wieso hörte das Wimmern niemand außer ihr?

Ein Tritt ins Kreuz und sie fiel vorne über. Hände griffen nach ihr, zogen sie hoch und stießen sie weg. Aus den Augenwinkeln sah sie etwas Metallenes schimmern. Als sie sich mühsam aufrappelte, stand sie vor einem Ritter in mittelalterlich langem Kettenhemd, Helm mit Nasenschutz, Schild mit dem Wappen und Lanze.

»Johann?«, fragte sie mit verängstigter Stimme und presste sich gegen die kalte Steinmauer.

Er stieß sie wortlos Richtung Turm, die Steinstufen hinauf, in den runden Burgfried hinein, die gewundene Holztreppe empor. Sie stolperte vor ihm her alle Etagen hoch. Halb auf Händen, halb auf Knien. Er schepperte hinter ihr wie ein riesiges Ungetüm. Anja redete ohne Unterlass, flehte und bettelte, beschwor und versprach.

Endlich wieder Tageslicht. Sie hatten einen weiten Blick übers Land von der letzten Plattform aus. Die Sicht war wirklich gut. Anja warf sich über die Brüstung und schrie »Hilfe! Hilfe! Hilfe!« in die menschenleere Umgebung. Die stillen Hügel lagen wie ein grünes Meer zu ihren Füßen.

Als ihr der Ritter die Lanze in den Rücken rammte, spürte sie den Stich zwischen den Rippen und hatte das Gefühl zu zerbrechen, aber es tat nicht so weh wie der Gedanke, dass Peter da unten im Verlies hockte. Würde ihn jemals jemand dort finden?

Es war wie Achterbahnfahren, als der Ritter ihr den Boden unter den Füßen wegzog und sie kopfüber den Burgfried hinunter stieß. Dabei war sie nie in ihrem Leben Achterbahn gefahren. So musste es sein. Es war eine kurze Fahrt, an deren Ende das Licht erst ganz grell wurde, ehe es ausging.

Peter klopfte sich den Dreck von der Hose und rieb sich die Hände sauber. Sie klebten. Johann schloss das Verlies wieder sorgfältig hinter ihm ab. Es hatte furchtbar darin gestunken. Viel länger hätte er es nicht ausgehalten.

Anja lag nicht weit von ihnen auf den Pflastersteinen der ehemaligen Küche. Arme und Beine weit von sich gestreckt, als sei sie auf ein Rad gespannt. Peter wollte nicht sehen, wie ihr Gesicht jetzt aussah. Hätte sie ihn doch nicht immer wegen der Kinder bedrängt.

Bevor Johann, wieder in T-Shirt und Jeans, auf dem Parkplatz vor der Grundschule in sein Auto stieg, steckte Peter ihm das Geld zu. Es war weniger, als ihn ein Kind gekostet hätte. Bei den Studiengebühren heutzutage. Von einer Scheidung ganz zu schweigen. Weitaus weniger. Er hatte das durchgerechnet. Die Kosten für die Miete der Ferienwohnung einkalkuliert.

»Ich dachte«, sagte er ein wenig nachdenklich und sah sich noch einmal nach dem Burgfried um, »Sie würden es anders machen.«

»Ja?«

»Weniger auffällig, meine ich. Es hätte jemand merken können.«

Johann zog die Mundwinkel verächtlich hoch. »Nicht bei diesem Wind. Und nicht während der Woche. Da ist hier ja keiner. Haben Sie doch selbst gesehen. Am Wochenende, da tummeln sich hier die Touristen ...«

»Ja, ja, aber ging es nicht weniger brutal?«

Johann entgegnete entrüstet: »Im Mittelalter war man so.«

»Ist ja schon gut«, winkte Peter ab.

»Sie hätten mir das auch sagen müssen. Sie haben nur gesagt, machen Sie es so, dass es in die Umgebung passt.«

»Ja. Ja.«

»Und das habe ich.«

»Ja. Ja.« Peter sah wieder zu dem weißen, runden Turm hinauf. Die Fahne flatterte.

Er musste die Polizei rufen.

Seine Frau war schon seit Stunden weg. Von ihrem kleinen Rundweg einfach nicht zurückgekehrt.

Hoffentlich hat sie sich nichts angetan, so depressiv wie sie neuerdings manchmal sein konnte.

Die dritte Tasse

Er forderte ganz dringend ein Treffen in unserem Stammcafé. Jetzt sofort, auf der Stelle, es sei etwas geschehen.

»Jetzt?« Es war noch keine acht Uhr in der Frühe, ich kam gerade aus der Dusche.

»Bitte!« Er klang atemlos am Telefon.

»Ich hoffe, du hast einen guten Grund«, antwortete ich und gab im Büro Bescheid, dass ich eine halbe Stunde später käme.

Als ich das Café betrat, saß er schon dort. Mit dem Rücken zur Wand auf einer der langen Holzbänke. Es duftete nach Kaffeerösterei, die Espressomaschine machte einen Höllenlärm, Geschirr und Besteck klapperten. Zwei junge Mädchen schlängelten sich mit Tabletts an den Gästen vorbei, die in Zeitungen blätterten oder verschlafen aus den Fenstern sahen.

Ich trat an seinen Tisch, der leer war bis auf die ständig stehenden Utensilien, Aschenbecher, Zuckerstreuer, Karte ... und seine Hände, die nebeneinander auf der Tischplatte lagen wie angenagelt.

»Was ist denn los?«, fragte ich ihn, zog mir den Schal vom Hals und warf ihn zusammen mit dem Mantel neben ihn auf die Bank. Ich rieb mir die Hände, griff nach der Karte und ließ mich ihm gegenüber auf einen Stuhl fallen. Er saß da wie auf dem Sprung. Er war blass, aber das war er im Winter fast immer. Ansonsten war ihm eine Katastrophe nicht anzusehen. Er sah jedenfalls nicht so aus, als wäre er hinter das Geheimnis gekommen. Das war die Hauptsache. Wahrscheinlich übertrieb er wieder mal heillos, wenn nicht sogar beschämend.

»Hast du schon bestellt?«, fragte ich und studierte die Karte. Ich bekam keine Antwort. Ich kannte ihn: Wenn er nervös war, konnte er nichts essen, aber einen Kaffee würde er doch herunterbekommen. Als die Bedienung kam, bestellte ich zwei Cappuccino und ein Croissant.

»Für mich nichts«, hielt er mich ab.

»Also nur einen. Und was nehmen Sie?«

»Nichts.«

Das junge Mädchen sah ihn fragend an.

»Also gut. Einen Tee.«

»Einen Tee?« Ihr freundliches Lächeln erstarb.

»Dann Wasser. Wasser werden Sie doch haben, oder?«

»Den gibt's nur zum Kaffee dabei.«

»Dann bringen Sie in Gottes Namen einen normalen Kaffee. Aber vergessen Sie das Wasser nicht.«

»Spinnst du oder was?«, fuhr ich ihn an und sah dem Mädchen nach. Die Zipfel der weißen Schürzenschleife hingen bis zum Rücksaum.

»Ich trinke nie wieder Kaffee. Ich fass das Zeugs nie wieder an. Das schwöre ich. Allein der Geruch. So wahr ich hier sitze. Erinnere mich daran!«

»Dann hätten wir uns vielleicht nicht gerade hier treffen sollen.«

»Ich ... ich hatte das ganz vergessen. Das hier ist doch unser Treffpunkt. Immer. Also, was soll's? Willst du streiten?«

»Ich? Nein. Ich habe nur eine halbe Stunde. Ich muss ins Büro.« Ich sah auf die Uhr. Ich hatte jetzt nicht einmal mehr diese dreißig Minuten. »Fang endlich an. Was ist passiert?«

Er winkte ab und schwieg sich aus.

Ich klopfte auf die Uhr.

»Ich habe es getan«, flüsterte er endlich theatralisch, beugte sich dazu weit vor, damit ich ihn verstehen konnte.

»Aha«, sagte ich.

Er verfiel wieder in Schweigen, sah sich um und kontrollierte, ob uns jemand belauschte. Wir erregten erstaunlich wenig Interesse. Obwohl dieses Café unser Stammplatz war, war um diese Uhrzeit keiner unserer Bekannten anwesend. Alles Nachtschwärmer wie wir.

»Was hast du denn getan?«

»Ich habe mich von Sabine getrennt. Was sagst du nun?«

Ich lehnte mich zurück und holte tief Luft. Sabine war seine langjährige Freundin. Aber nicht nur das. Sie war in gewissem Sinne auch meine. Nur noch nicht so lange. Und ohne sein Wissen, selbstverständlich. Sie war meine große Liebe. Aber wir spielten die Desinteressierten. Mehr als das normale Bedauern durfte ich also unter diesen Umständen nicht zeigen. Ein lapidares »Oh, das tut mir aber leid«, fand ich ziemlich unverfänglich, obwohl ich innerlich jubilierte.

Das Mädchen brachte meinen Cappuccino, das Croissant, eine Tasse normalen Kaffee und ein Glas Wasser.

»Das ist alles, was du dazu sagst?«

Ich sah teilnahmsvoll drein und machte mich über mein Getränk her.

Er stürzte das Glas Wasser hinunter und schob die Kaffeetasse weit von sich, haarscharf bis an den Rand des Tisches. »Es ging einfach nicht mehr, weißt du?«

»Wieso denn nicht?«

Er klagte schon eine Weile über Sabines Verhalten. Genau genommen etwa seit dem gleichen Zeitraum, innerhalb welchem wir uns nähergekommen waren.

»Sie war nicht mehr bei der Sache.«

»Welche Sache?«

»Ich meine bei mir«, sagte er, schlug sich auf die Brust und unterdrückte einen Rülpser.

»Ah, verstehe.«

»Nein, du verstehst gar nichts. Wie denn auch? Du, der ewige Single, du weißt ja gar nicht, wie es ist, in einer Beziehung zu leben. All die tödlichen Kleinigkeiten, mit denen man sich das Leben zur Hölle macht. Jedenfalls hat sie mir eine Szene gemacht, als ich es ihr auf den Kopf zugesagt habe.«

»Was denn?«

»Oh Mann, du bist wie sie. Niemand hört mir richtig zu.«

Ich zuckte mit den Schultern. Ich verstand kein Wort, aber ich stellte keine Fragen mehr.

Er kam langsam in Redefluss, und alles schien überhaupt nichts mit mir zu tun zu haben. Ich meine mit Sabine und mir. Sehr beruhigend. Jetzt würde das ewige Versteckspielen aufhören. Ich versuchte, meine Erleichterung zu verbergen, und blickte auf die Uhr. Meine dreißig Minuten waren seit dreißig Minuten vorbei.

»Wie das so ist, eines kam zum anderen. Wir saßen uns gegenüber beim Frühstück wie immer. Sie provozierte mich, mein Kaffee sei wieder zu dünn, da könne man ja bis auf den Boden sehen vor lauter Geiz, und nicht heiß genug, weil die Kaffeemaschine angeblich hinüber sei, und immer diese billige Sorte aus dem Aldi, das sei ja widerlich ... da habe ich es ihr endlich gesagt. Es ist aus. Ich verlasse dich. Da fing sie an herumzutoben, so lange bis ich ihr eine gescheuert habe.«

»Du hast sie geschlagen?« Meine Tasse fiel auf den Unterteller zurück.

»Sie fing an zu heulen, dann hab ich sie geschüttelt.«

»Was war bloß in dich gefahren?«

»Da fing sie an zu schreien, da hab ich ihr meinen Kaffee ins Gesicht geschüttet, der immerhin noch heiß genug war, sie zu verbrühen.«

»Du hast sie ...?«

»Da schrie sie noch mehr und sprang auf, zog die Tischdecke mit, die Kaffeekanne fiel vom Stövchen, die braune Brühe lief bis auf unsere Füße.«

Zwischendurch winkte er dem Mädchen mit seinem Glas und zeigte mit der anderen Hand auf mich.

»Wie geht es ihr jetzt?«, fragte ich erstarrt.

»Nun ja.«

»Hast du sie zum Arzt gebracht?«

Er schüttelte den Kopf. Ich sprang auf.

»Setz dich.«

»Nein, ich denke nicht dran, ich fahre sofort zu ihr und bring sie zum Arzt. Du kannst sie doch in diesem Zustand nicht allein lassen. Weißt du was? Du bist ein Ekel. Das hätte ich nicht von dir gedacht. Einfach eklig. Ich schäme mich für dich. Frauen schlagen, das ist ja wohl ...«

»Setz dich.« Er stand auf, legte mir die Hände auf die Schultern und drückte mich auf meinen Stuhl. »Du hast da was«, sagte er und zeigte auf meinen rechten Mundwinkel.

Ich leckte einen Croissantkrümel ab.

»Lass mich doch erst zu Ende erzählen.«

»Ich will nichts mehr hören.«

»Dass dich das so mitnimmt, hätte ich nicht gedacht. Du hast doch Sabine nie besonders gemocht.«

Was sollte ich dazu sagen?

»Danach wollte ich nur noch weg, wie du dir denken kannst, bin an den Schrank und hole mir die Kaffeedose raus, in der wir unser Geld verstecken, weißt du? Ich öffne sie und was sehe ich? Nichts. Sie war leer bis auf den Boden. Aber total. Da müssen über fünfhundert Euro drin gewesen sein. Da hat mich so die Wut gepackt, dass ich ihr die Kaffeedose an den Kopf geschleudert habe.«

»Was?« Sabines Martyrium war also noch nicht beendet. »Jetzt reicht es mir!« Ich erhob mich, langte über den Tisch nach Schal und Mantel, als ich ihn sagen hörte: »Sabine stolperte ... und fiel ... direkt mit dem Hinterkopf auf die Fensterbank und war ... auf der Stelle ... tot. Sofort. Wirklich.«

Ich sank zurück auf meinen Stuhl und nickte wie in Trance.

Das Mädchen brachte den Nachschub, ich zog den Cappuccino automatisch zu mir heran und begann den Schaum unterzuheben.

»Sie hat mich betrogen.«

»Mit wem?«, entfuhr es mir.

»Quatsch, ich meine doch das Geld.«

»Und deswegen hast du meine ... hast du ... einen Menschen getötet?«

»Ich hab das nicht gewollt. Weißt du übrigens, was sie als Letztes gesagt hat? Ich fand es schon irgendwie komisch. Deinen Namen. Seltsam, wo ihr euch doch nie besonders gemocht habt.«

Ich nickte wieder.

»Es war ein Unfall, du musst mir glauben. Deswegen bin ich doch hier. Ich brauche dich als Zeugen. Mensch, kapier doch. Wir stellen einfach eine dritte Tasse dazu, bevor wir die Polizei rufen. Und du nickst alles ab. Machst du das für mich?«

Ich nickte weiter. Ich hatte das Gefühl, nie wieder etwas anderes tun zu können.

»Ich hätte dich ja auch direkt zu mir nach Hause kommen lassen, aber ich wollte dir das Ganze so schonend wie möglich beibringen. Verstehst du jetzt wenigstens, warum ich nie wieder Kaffee trinken kann?«

Defekt

Zwei Frauen und ein Mann. Die alte Geschichte, die aber im Fall von Paula, Uschi und Leo nicht nur einzigartig begann und verlief, sondern auch endete.

Von Leo soll nur kurz die Rede sein. Er hat nichts gegen zwei Frauen in seinen Armen, an seinem Tisch, in seinem Bett einzuwenden, denn sie ergänzen sich auf ideale Weise, sodass er bei der einen findet, was er bei der anderen nicht finden kann, und umgekehrt. Paula ist die kühle Blonde, Uschi die leidenschaftliche Brünette. Den Zustand halten Paula und Uschi allerdings für untragbar und fordern ihn zu einer Lösung des Problems auf. Da kommt Leo auf die glorreiche Idee: Die beiden Frauen sollen es unter sich ausmachen, wer auf ihn in Zukunft verzichten müsse und wer ihn ein Stück auf seinem Lebensweg begleiten dürfe.

Zunächst muss er allerdings eine Weile ohne beide auskommen, denn Paula schlägt Uschi ein Wochenende in der Eifel vor. Paula und Uschi, die nicht nur in Sachen Liebe, sondern auch im Arbeitsleben und als Freundinnen einander verbunden sind, nehmen sich den nächstbesten Montag frei und starten am Freitagabend von Köln aus in Richtung Koblenz. Es ist schon dunkel. Das Kartenlesen erübrigt sich, da Paula im Besitz eines Navigationsgerätes ist und sie nach dem Bliesheimer Kreuz auf der A 61 bleiben können.

Zu Beginn sitzen sie zuversichtlich und keineswegs in Streitlaune nebeneinander, Paula am Steuer, Uschi neben ihr.

Uschi mustert Paulas unergründliche Miene im Profil. Sie wirkt kühl und distanziert, macht nicht den Eindruck, besonders verzweifelt zu sein, sondern eher hochkonzentriert.

Uschi legt eine CD ein: *Ich + Ich,* »Gute Reise, Gute Reise«. Sie summt zufrieden und klopft den Takt auf dem Armaturenbrett. Man macht um das Thema Leo einen großen Bogen.

Ausfahrt Swisttal-Heimerzheim.

Paula meldet Durst an.

»Kommt sofort«, verkündet Uschi, kniet auf den Beifahrersitz und dreht sich zur Rückbank zu den Vorräten um. »Ah! Bionade! Holunder und Ingwer!«

»Holunder ist für mich«, bestimmt Paula.

»Ich weiß, wie immer. Lieb von dir, dass du an meine Sorte gedacht hast«, strahlt Uschi über das ganze Gesicht.

»Ist auch Leos Lieblingssorte«, lächelt Paula mit den Mundwinkeln, ohne den Blick von der Straße zu nehmen.

»Tja«, meint Uschi, »wir haben eben viel gemeinsam.«

Sie hebelt die beiden Kronkorken herunter. Das deutliche Plopp vom Ingwer geht in einem Fluch unter, den Paula dem BMW-Fahrer hinterherruft, der sie bei einem Überholmanöver geschnitten hat.

»Prost!« Uschi reicht ihr den Holunder. Paula checkt kurz das Etikett, setzt die Flasche an die Lippen und nippt daran, während sie das Lenkrad ganz cool nur mit der linken Hand hält.

Uschi nuckelt genüsslich am Ingwer und sagt: »Nun lass uns endlich über Leo reden.«

Paula reicht ihr ihre Flasche und meint: »Gleich.«

Ausfahrt Miel.

Uschi gluckst, rutscht tiefer in ihren Sitz, und die Ingwer-Flasche fällt ihr aus der Hand in den Fußraum und rollt dort hin und her.

»Was ist mir dir?«, fragt Paula.

»Ich weiß nicht, ich glaube, mir wird schlecht.« Uschi wird sonst immer nur auf kurvigen Landstraßen schlecht.

»Aber ich bin doch ganz normal gefahren!«

Paula runzelt die Stirn. »Wie siehst du denn aus? Oh je! Schaffst du's noch bis zum nächsten Parkplatz?«

»Nur wenn dort ein Klo ist!« Uschi gluckst wieder undefinierbar und nickt vorsichtig, kann aber noch die Flasche vom Boden aufheben. Sie betrachtet den Rest der gelbgrünen Flüssigkeit von allen Seiten und studiert das Mindesthaltbarkeitsdatum. Alles im grünen Bereich. Sie klappt die Sonnenblende herunter und betrachtete sich in dem kleinen Spiegel. Sie findet, dass ihre Gesichtsfarbe auch ein bisschen nach Ingwer aussieht, gelbgrün.

»Da!« Paula zeigt auf ein Hinweisschild am Fahrbahnrand. »Raststätte Peppenhoven. Noch zwei Kilometer. Mit WC! Ich beeil mich auch.« Sie tritt das Gaspedal durch und wechselt auf die Überholspur.

Uschis Augen werden schwer, sie schafft es nicht länger, sie offen zu halten, ihr Kinn fällt auf die Brust, ihre Hände sinken in ihren Schoß. Ihr Oberkörper rutscht im Haltegurt Richtung Seitenscheibe. Wohingegen ihr Geist noch relativ wach ist. Wach genug, um zu dem Schluss zu kommen, dass die Ingwer-Bionade schuld an ihrem Zustand sein muss. Und da die von Paula stammt, ist Paula schuld. Und da Paula schuld ist, ist das Motiv offenbar: Leo!

Raststätte Peppenhoven.

Paula fährt in eine der Parktaschen vor der hell erleuchteten Raststätte, steigt aus, läuft um das Auto herum, öffnet die Beifahrertür und zerrt an Uschi. Uschi, die wissen möchte, was Paula nun mit ihr vorhat und sich kränker und willenloser gibt, als sie ist.

Paula greift unter ihre Arme und schleppt sie die zwei Stufen hinauf, durch die Drehtüre und an den fragenden Augen des

Personals und der wenigen Reisenden vorbei Richtung Waschraum.

»Es geht ihr nicht gut!«, ruft sie. Man nickt verständnisvoll, wer kennt sie nicht, die Unpässlichkeiten der Frauen! Man bietet Hilfe an, Paula lehnt ab.

Sie setzt Uschi auf ein WC, balanciert sie gegen die Rückwand, so dass sie nicht umfallen kann und legt den Riegel von innen quer. Sie lässt sich auf die Knie fallen und kriecht durch den Zwischenraum, den die Trennwand zum Boden offen lässt, in die Nachbartoilette, die, wie sie vorher inspiziert hat, frei ist. Sie wirft abgezähltes Geld für zwei Toilettenbesuche auf den kleinen Teller, weil sie es schäbig findet, eine Klofrau zu betrügen, und verlässt den Waschraum.

»Ich hol nur schnell ihre Tasche aus dem Auto!«, ruft sie der Klofrau zu.

Das tut sie jedoch nicht, sondern stopft dieselbe in einen Papierkorb auf dem Parkplatz, fährt auf die Autobahn bis zur Ausfahrt Rheinbach, wendet dort und fährt zurück nach Köln.

»Wir haben uns geeinigt«, wird sie Leo sagen. »Uschi verzichtet. Aber sie kann nicht länger in deiner Nähe sein, das hält sie nicht aus, sondern irgendwo anders auf der Welt. Ein Lkw-Fahrer hat sie mitgenommen«.

Aber kein Lkw-Fahrer nimmt sich Uschis an. Uschi, die langsam einen Teil der Kontrolle über ihren Körper wiedergewinnt, lässt sich mit einem deutlichen Plumps auf den Boden fallen, als die Nachbartoilette gereinigt wird. Ein Arm und ein Bein rutschen unkontrolliert unter der Trennwand hindurch.

»Kindchen!«, stößt die Klofrau hervor und öffnet mit einem Spezialschlüssel Uschis Kabine. Sie zerrt die kraftlose, junge Frau in den Flur, zückt ihr Handy und wählt geistesgegenwärtig die 112, obwohl Uschi ihr versucht beizubringen, dass sie es bleiben lassen soll.

Die Klofrau holt zwei Decken, schiebt eine unter Uschi und deckt sie mit der zweiten zu. Der Notarzt kommt, untersucht Puls, Blutdruck und Herz, runzelt die Stirn und lässt sie schließlich auf einer Trage in den Rettungswagen bringen, der unauffällig hinter dem Restaurant steht.

Dort setzt er Uschi eine Kreislauf aufbauende Spritze und hält ihr eine Standpauke wegen leichtfertigen Handelns. Die Erklärung, nicht sie, sondern Paula sei an allem schuld, lässt er nicht gelten. Auch Liebeskummer, meint der junge Notarzt und zieht die Nase hoch, sei kein ausreichender Grund, mit seinem Leben zu spielen. Außerdem habe er Besseres zu tun, als verliebte Selbstmörder zu retten und werde ihr eine saftige Rechnung schicken.

Die Klofrau nimmt Uschi in Empfang und hört sich gern ihre Geschichte an. Sie meint, Leo sei an allem schuld. Und sie sagt ihr auch, was sie an ihrer Stelle machen würde. Zuerst ist Uschi entsetzt, aber dann begreift sie und strahlt über das ganze Gesicht.

Auf dem Weg nach Köln wächst mit jedem Kilometer das schlechte Gewissen hinter Paulas Stirn. Als sie die Raststätte Peppenhoven auf der Gegenfahrbahn passiert, hält sie es nicht mehr aus. Sie fährt in der nächsten Ausfahrt ab und zurück Richtung Koblenz.

Raststätte Peppenhoven.

Paula hält wieder auf dem Parkplatz, lässt den Schlüssel in der Eile stecken, rennt durch die Drehtür und stürmt den Waschraum. Paula rüttelt an der Unglückstür. Sie springt auf. Uschi sitzt nicht mehr auf dem WC! Paula schreit auf! Sie stellt sich vor, dass ein Notarzt sie ins nächstbeste Krankenhaus gefahren hat, wo man gerade um ihr Leben kämpft. Man wird recherchieren und auf die Verursacherin kommen. Das hat Paula nicht gewollt. Oder Uschi irrt irgendwo umher …

Die Klofrau ist nicht ausfindig zu machen. Im Restaurant fragt Paula nach Uschi. Die Gäste sind nicht mehr dieselben wie vor einer Stunde, aber das Personal hat nicht gewechselt und doch nichts gesehen. Paula setzt sich in eine Ecke im Restaurant, hadert mit ihrem Schicksal, betrachtet ihr aufgelöstes Gesicht in der Fensterscheibe und sieht dort aus dem Augenwinkel, wie ihr Auto rückwärts vom Parkplatz rollt.

Sie springt auf, rennt hinaus und erwischt im letzten Moment die Beifahrertür, reißt sie im Laufen auf und lässt sich auf den Sitz fallen. »Warte«, ruft sie in der nächsten Sekunde, steigt wieder aus und rennt im Zickzack um einige Autos herum bis zu einem Papierkorb, aus dem sie Uschis Handtasche hervorzieht, ausschüttelt und abwischt.

Uschi hat den Fuß vom Gaspedal genommen, während Paula ein-, aus- und wieder einsteigt, jetzt beschleunigt sie erneut.

»Verzeih mir!«, fleht Paula sie an und hebt die Hände gegen den Autohimmel. »Bitte, Uschi! Ich weiß nicht mehr, wie ich das nur tun konnte! Es tut mir so unendlich leid. Wir sind doch Freundinnen!« Sie klammert sich an Uschi und legt den Kopf auf ihre Schulter und wimmert leise vor sich hin.

»Ist ja schon gut«, unterbricht Uschi sie ungeduldig und erzählt ihr vom Tipp der Klofrau von Peppenhoven. Paula fährt hoch. Sie scheint entsetzt. Aber dann lächelt sie mit den Mundwinkeln, ohne den Blick von der Straße zu nehmen, und murmelt: »Da haben sich die fünfzig Cent ja wirklich gelohnt.«

»Wie war's in Koblenz?«, will Leo am Dienstagabend nach Büroschluss wissen. Er sieht von der einen zur anderen.

Paula: »Wir sind nur bis Peppenhoven gekommen.«

Leo wundert sich. »Habt Ihr euch so schnell geeinigt?«

Paula und Uschi nicken.

»Und wer ist die Glückliche?«

»Verraten wir dir in Peppenhoven«, meint Paula.

»Was gibt es denn Tolles in Peppenhoven?«

»Die klügste Klofrau der Welt!«, ruft Uschi und strahlt über das ganze Gesicht. »Kommst du mit? Jetzt? Sofort?«

»Klar!«

Leo sitzt hinten und blickt zwischen den beiden Frauen hindurch auf die Fahrbahn und stirbt gleich vor Neugier, glaubt er.

Ausfahrt Swisttal-Heimerzheim.

Paula meldet Durst an. Uschi verteilt Bionade. Ingwer für Leo, Holunder für Paula und sie selbst. Sie mag jetzt keinen Ingwer mehr.

»Hey, prima!«, ruft er und wedelt mit der Flasche in der Luft herum. »Meine Lieblingssorte. Ihr Süßen denkt auch wirklich an alles.«

Paula und Uschi wechseln einen Blick.

Leo leert die kleine Flasche in einem Zug und verlangt nach einer zweiten.

Ausfahrt Miel.

Leo wird schlecht. Er jammert und stöhnt, Paula und Uschi wechseln wieder einen Blick.

Raststätte Peppenhoven.

Paula parkt vor dem Restaurant. Sie schleppen Leo in Richtung Männerklo. »Es geht ihm nicht gut!«, rufen sie dem Personal und den Gästen zu. Man nickt verständnisvoll.

Auf dem Männerklo nimmt die Klofrau Leo in Empfang und schickt gnadenlos alle Männer hinaus, auch die, die es wirklich nötig haben. Sie setzt Leo auf ein WC und lehnt ihn an die Rückwand. Sie schließt die Kabine von außen ab. Sie löscht das Licht, auch im Waschraum, und sie schließt die Eingangstüre zum Männerklo. Sie hängt ein Schild an die Tür, auf dem steht: »Defekt«.

Wie es wirklich war

Nettersheim, neun Monate vor Christi Geburt.

Als Maria feststellte, dass sie schwanger war, war sie erbost.

Anfangs hoffte sie noch auf einen Irrtum ihres Körpers, eine Krankheit, verursacht durch Hunger oder Ansteckung. Aber die Symptome blieben, wie sie waren. Das war das Ende alle Hoffnungen.

Sie wollte eines Tages reich sein. Die Frau eines Steuereintreibers oder eines Statthalters. Sie wollte nicht ihr Leben lang im Staub am Straßenrand stehen und Kräuter verkaufen.

Aber welcher reiche Mann auf dieser Welt würde ein armes Weib zur Frau nehmen, die ein schmuddeliges, rotznäsiges, plärrendes Kind hinter sich herzog?

Tagelang überlegte Maria, aber sie konnte sich beim besten Willen nicht vorstellen, wer der Vater ihres Kindes sein könnte.

Einmal träumte sie von einem Engel, der am Fuße ihres Strohlagers stand und in einer Sprache zu ihr sprach, die sie kaum verstand. Worte wie Ehre und Auserwähltsein, Gnade und Freude fielen. Das sah Maria völlig anders.

Und was würden ihre Eltern dazu sagen? Sie waren streng und gläubig. Als ihre Mutter sie das erste Mal beiseite nahm und aufgeregt fragte, wie das um Himmels willen passieren konnte, antwortete Maria wahrheitsgemäß: »Ich weiß es nicht.«

Ihre Mutter hob mahnend den Zeigefinger und erinnert sie an das 8. Gebot.

»Ich lüge nicht«, beteuerte Maria.

Ihre Mutter gab keine Ruhe. Irgendwann war Maria die lästige, bohrende Fragerei leid und antwortete einfach: »Der Heilige Geist war es.«

Erst verschlug es ihrer Mutter die Sprache, dann hob sie wieder den Zeigefinger und sagte mit tonloser Stimme: »Du sollst den Namen des Herrn, deines Gottes, nicht .... «

»Ja, ja, ich kenne das zweite Gebot«, unterbrach Maria sie trotzig. »Aber, wenn es doch so ist.«

Schnell machte die Neuigkeit die Runde in Nettersheim. Entsetzen machte sich breit. Angst. War das ein Zeichen? Und wenn – wofür? Für eine nahende Hungersnot oder eine neue Sintflut?

Marias Mutter beugte sich nach einer Weile dem enormen gesellschaftlichen Druck und verstieß ihre eigen Fleisch und Blut.

Maria, mit einem kleinen Bündel auf dem Rücken, irrte verzweifelt umher. Tagsüber versteckte sie sich in verfallenen Häusern. Nachts mischte sie sich unter die Pilger, wanderte mit verhülltem Antlitz durch die dunklen Gassen. Niemand wollte ihr ein Dach über dem Kopf oder zu essen geben. Türen wurden ihr vor der Nase zugeschlagen. Die Kinder holte man von der Straße, als habe Maria Pest und Cholera zugleich.

Aber je mehr Maria geächtet wurde, je mehr wuchs ihr das Kind, das sie unter ihrem Herzen trug, ans Herz. Es sollte wachsen und gedeihen, doch wovon? Von den fauligen Abfällen aus der Gosse? Maria blieb nichts anderes übrig, als wieder ein Gebot zu übertreten. Sie entschied sich für das siebte.

Als sie wieder einmal einen Apfel auf dem Markt stahl, rutschte ihr das Kopftuch versehentlich herunter, und sie wurde von einem Aufseher entdeckt, der sie mit Schimpf und Schande und Steinen nicht nur vom Marktplatz, sondern gleich aus ganz Nettersheim vertrieb.

Maria versteckte sich am Stadtrand im dornigen Unterholz und wurde dort noch am gleichen Abend von einem Mann gefunden, der ihr seine Axt um Haares Breite ins Bein geschlagen hätte.

»Bist du von Sinnen?!« Maria sprang hervor und legte beide Hände schützend über ihren Bauch.

Der Mann entschuldigte sich wortreich und erklärte, er sei nur ein einfacher Zimmermann auf der Suche nach Holz.

»Wie heißt du?«, fuhr Maria ihn an.

»Josef«, sagte Josef.

Josef lud Maria in sein Haus auf eine Scheibe Brot und ein Glas Wasser ein. Auch wenn sie große Furcht hatte, trieben sie der Hunger und die Sorge um das ungeborene Kind in seine Nähe. Im Schein der Öllampe, die in Josefs Haus brannte, erkannte Maria, dass er bereits ein alter Mann von mindestens 30 Jahren war. Das beruhigte sie.

Und er schien nicht arm zu sein. Sein Haus war groß, und in der Werkstatt wartete Arbeit auf ihn. Das beruhigte sie noch mehr.

Aber es gab da ein Problem. Josef lebte nicht allein. Drei Söhne hatte er, die er Maria vorstellte: Jakobus, Simon und Joses. Je zwei Jahre lagen zwischen ihrer Geburt.

»Wo steckt ihre Mutter?«, fragte Maria misstrauisch.

»Sie starb. Bei der Geburt des letzten Kindes.

Kein Wunder, dachte Maria, dass die Söhne schlecht erzogen waren. Sie tanzten ihrem Vater auf der Nase herum. Ihnen war die strenge Hand einer gläubigen Mutter erspart geblieben. Von den zehn Geboten hatten sie noch nichts gehört. Wunderbare Kinder!

In der Nacht legte sie sich zu Josef, um sich zu wärmen. Er schlief schon tief und fest, sein Atem war ruhig, und seine Brust hob und senkte sich gleichmäßig, als Maria in sein Ohr flüsterte, warum man sie verstoßen hatte.

Am anderen Morgen sprach Josef: »Hab keine Angst. Ich jage dich nicht fort. Ich weiß, von wem dieses Kind ist.«

»Und von wem?«, wollte Maria wissen.

»Eine Stimme sagte mir letzte Nacht, es sei vom Heiligen Geist«, sagte er und lächelte. Der Heilige Geist ist für keinen Mann dieser Welt ein Grund zur Eifersucht.

Es sprach sich in Nettersheim herum wie ein Lauffeuer, dass Josef, der Zimmermann, die schwangere Maria bei sich aufgenommen hatte, und niemand wollte mehr sein Haus betreten und ihm Arbeit geben. Seine Söhne verloren ihre Freunde und verfluchten ihre Stiefmutter im Stillen. Aber Maria war eine gute Köchin und gewann mit ihren Speisen die Herzen der immer hungrigen Jungen zurück. Sicher auch, weil sie manch besänftigendes Kraut unbemerkt unter ihr Essen mischte. Aber Respekt verschaffte sie sich, als sie erfuhren, dass Maria alles eigenhändig zusammengeklaut hatte.

Als Maria viel zu unbeweglich war, um noch selbst zu stehlen, beriet sie sich mit Josef. Der weigerte sich standhaft. »Lieber verhungere ich!«

»Das kannst du machen«, sagte Maria. »Deine Söhne etwa auch?«

Da gab Josef nach.

Marias Plan war gut: Simon und Jakobus sollten ausspähen, Josef mit einem Gespräch ablenken, und der kleine und flinke Joses zugreifen. Weizen und Gerste, Hirse und Linsen, Feigen und Honig wurden ihre Beute, die Maria zu wunderbaren Speisen verkochte.

Josef und seine Söhne mussten heimlich Schafe melken und für den Sonntagsbraten des Nachts ein Lamm von der Weide stehlen, sobald der Schäfer von Marias Kräutertrunk eingenickt war.

Aber Maria wusste auch, dass sie irgendwann erwischt werden würden. Und während sie noch überlegte, was zu tun sei, wurde eine Volkszählung ausgerufen. Jeder Mann sollte mit seiner Familie in seinen Geburtsort gehen, um dort erfasst zu werden. Josefs Geburtsort war Blankenheim. Maria war noch nie in Blankenheim gewesen. Blankenheim, hatte sie gehört, war eine Reise wert. In Blankenheim konnte man sicher genauso gut stehlen wie in Nettersheim, wenn nicht noch besser.

Noch in der gleichen Nacht befahl sie Josef und seinen Söhnen zwei Esel aus einem Stall hinter dem kleinen Hügel zu stehlen. Auf dem jüngeren Tier ritt sie selbst. Den alten, klapprigen teilte Josef sich mit seinen Söhnen und dem Gepäck. Nach wenigen Kilometern legte sich der alte, klapprige Esel hin und starb auf der Stelle. Von nun an führte Josef Marias Esel an einem Seil, während die drei Jungen jammernd hinter ihnen herstolperten. Um ihnen die Zeit zu vertreiben, erzählte Maria ihnen sämtliche Geschichten aus dem Alten Testament herauf und herunter.

Es war schon spät in der Nacht, als sie endlich in Blankenheim eintrafen. Aber keine der Herbergen, in denen sie um eine Unterkunft baten, hatte genügend Platz für fünf Personen oder war nur halbwegs für eine bevorstehende Geburt ausgestattet. So landeten sie schließlich in einem kleinen

Stall, wo noch in der gleichen Nacht das Kind zwischen Schafen, Ziegen, Kuh und Ochs zur Welt kam.

Ein paar Tage zu früh, es sollte erst am 31. Dezember kommen. Sicher wegen der Aufregung, die eine weite Reise durch unwegsames Gelände mit sich bringt. Auch mochte die Reiterei auf dem Esel schuld daran gewesen sein.

Als der Moment gekommen war, schickte Josef seine Söhne nach draußen und stand Maria bei. Er war es, der als Erster das Kind in seinen Händen hielt. Entsetzt starrte er auf das schreiende Bündel und ließ es ins Stroh fallen.

Maria hob den Kopf. »Fehlt ihm etwas?«

»Ich glaube schon«, murmelte er.

»Was denn?«

»Es ist ein Mädchen!«

»Wie schön!«, rief Maria erfreut aus. Insgeheim hatte sie sich gewünscht, es sei ein Mädchen. Söhne hatte sie genug. Sie nahm das Kind in ihre Arme und küsste es. »Ist es nicht süß?« Josef nickte. »Sieht es nicht irgendwie heilig aus?«

»Kein Wunder, bei dem Vater«, meinte Josef. »Wie sollen wir es nennen? Maria, nach dir, was meinst du?!«

»Auf keinen Fall!«, protestierte Maria.

Auch das Kind schien nicht einverstanden, es begann aus Leibeskräften zu schreien.

Als sie den Lärm hörten, kamen Jakobus und seine Brüder hereingelaufen und ein Wettstreit begann.

Jakobus wollte das Kind Rahel nennen. »Wie die zweite Frau des Jacobus.«

Simon bestand auf Zippora. »Wie die Frau des Moses.«

Joses schließlich wollte, dass es Sarah hieß. »Wie die Gattin Abrahams.«

Das Kind schrie weiter wie um sein Leben. Obwohl Maria stolz war über die frischen Bibelkenntnisse ihrer Stiefsöhne, ging sie mit letzter Kraft dazwischen: »Nichts da! Es heißt Christa. Basta.« Und ermattet fiel sie zurück auf ihr Strohlager. Im selben Augenblick verstummte das Kind und lächelte selig.

Auch Josef und seine Söhne schwiegen endlich, und nur noch das Kauen der Schafe, ihr Schnaufen und das leise Getrampel des Esels waren zu hören … Es war die Nacht vom 24. auf den 25. Dezember, und plötzlich fiel durch die Türe des Stalles ein helles Licht.

Jakobus und seine Brüder rannten hinaus, blickten in den Himmel, kamen zurück und behaupteten, dass ein heller Stern mit einem langen Schweif über dem Stall aufgegangen sei. Maria ahnte, dass sie wohl ein paar Kräuter zu viel unter ihr Essen gemischt hatte. Josef ließ sie die Tür verhängen, damit es dunkler wurde, und Maria und das Mädchen Ruhe fanden.

Knapp vierzehn Tage später war es – der helle Stern stand immer noch über dem Stall, Jakobus und seine Brüder kehrten gerade vom Stehlen und Rauben und Jagen zurück –, als sie am Horizont vier Gestalten in langen Gewändern entdeckten, die sich näherten. Sie warnten Maria und Josef vor der Gefahr, die daraufhin die Tür verriegelten. Alle verhielten sich ruhig, in der Hoffnung, die Fremden bemerkten sie nicht und zögen vorbei.

Alle, bis auf Christa. Sie krähte wie ein Hahn im Morgengrauen. Sinnlos zu tun, als sei der Stall unbewohnt, als das mächtige Klopfen ertönte, so mächtig, dass die Dachlatten wackelten.

Josef öffnete. Die vier Gestalten waren Männer. Sie waren in kostbare Gewänder gekleidet, verbeugten sich und stellten sich vor.

»Ich bin Melchior, der Sterndeuter.«

»Ich bin Balthasar, der Philosoph.«

»Ich bin Caspar, der Kaufmann«, sagte der Dritte, dessen Haut schwarz wie Kohle war.

»Und ich bin Nathan, der Magier«, sagte der Letzte.

»Und ich bin Josef, der Zimmermann«, sagte Josef.

»Wir kommen aus dem Morgenland, dem Rheinland«, erklärte der Magier, »ein Stern über eurem Stall hat uns den Weg hierher gewiesen. Meine Freunde haben schwere Geschenke mitgebracht. Hier wurde ein Kind geboren, nicht wahr?«

Josef nickte und bat sie herein.

Keine gute Idee. Denn die vier sollten nur Ärger in den Stall bringen. Als sie Christa in der Krippe liegen sahen, fielen sie auf die Knie, legten die schweren Geschenke ab und riefen »Der König! Der König! Der König!«

Maria richtete sich auf und protestierte: »Was sagt Ihr?! König?! Ihr meint wohl Königin!«

Die Männer erschraken. »Wie meint Ihr das?«

»Das Kind ist ein Mädchen«, sagte Maria und strich über sein weinendes Gesicht.

Bestürzt rafften sie ihre Geschenke an sich und erhoben sich, um davonzueilen.

»Soll das heißen, ihr wollt die Sachen wieder mitnehmen?«, fragte Maria empört.

»Ja! Denn wir sind im falschen Hause. Wir müssen uns verlaufen haben oder der Stern … jedenfalls sind unsere Geschenke nicht für ein Mädchen bestimmt.«

»Geschenkt ist geschenkt!«

»Nein! Das geht nicht! Der alte König sucht kein Mädchen, sondern einen Jungen. Wir sollen ihn finden und beschenken und ihm davon berichten, damit er ihn …!«

»Aber die Frau hat recht«, lenkte Nathan, der Magier, ein.

»Wir lassen die schweren Geschenke einfach hier. Ohne sie lässt es sich viel leichter reisen.«

Aber seine Reisegefährten wollten nicht auf ihn hören. Ein Fehler, wie sich gleich herausstellen sollte.

Denn Maria war das Hin und Her nun leid und gab ihren Stiefsöhnen ein Zeichen. Die Jungen verstanden sofort. Sie fielen über die Männer her, schleppten sie hinaus, entrissen ihnen die Geschenke, fesselten sie und banden sie an vier Ölbäume. Eine echter Überraschungsangriff, so schnell und wirr, dass sich keiner der Männer wehrte.

Sie entkleideten sie, zogen ihre Gewänder über, tobten darin herum und brachten schließlich die Geschenke zurück in den Stall. Maria entdeckte in den drei kostbaren Gefäßen Myrrhe, Weihrauch und sogar Gold. »Josef! Wir sind reich!«

»Und müssen nicht mehr stehlen!«, freute sich Josef und rieb sich die Hände.

»Das ist aber schade!«, jammerten die Jungen.

»Schön und gut«, sagte Maria. »Aber ich könnte wetten, der alte König lässt den neuen König nur suchen, um ihn umzubringen.«

»Gut«, seufzte Josef und atmete erleichtert auf. »Gut, dass wir ein Mädchen haben!«

»Auch ein Mädchen kann König sein«, behauptete Maria. »Wir müssen hier weg.«

»Aber wohin?«, fragte Josef. Man konnte ihm ansehen, dass ihm die ewige Reiserei langsam auf die Nerven ging. Er war ja nicht mehr der Jüngste.

»Bis morgen wird uns etwas einfallen«, glaubte Maria und begann, ihr Kind zu stillen.

Am anderen Morgen standen Maria und Josef mit Christa, den in kostbare Gewändern gekleideten Jungen und dem

Esel vor der Stalltür, blickten sich nach allen Himmelsrichtungen um und wussten nicht, wohin, als Christa ein Ärmchen in die Luft reckte und mit dem winzigen rosa Däumchen scharf gen Westen zeigte.

»Welches Land liegt dort?«, fragte Maria.

»Keine Ahnung«, meinte Josef.

»Dann gehen wir dorthin«, entschied sie und kletterte mit ihrem Kind auf den Esel. »Auf geht's, Jungs!«

Die vier nackten, angebundenen Männer sahen der Familie nach, wie sie am Horizont verschwand. Heulen und Zähneknirschen machten sich breit.

»Da! Seht, wie sie ins Abendland ziehen, in die Pfalz«, rief Melchior, der Sterndeuter. »Dort ist es warm.«

»Wir dagegen werden hier erfrieren«, lamentierte Balthasar, der Philosoph.

»Wenn nicht, wird der König uns umbringen lassen«, jammerte Caspar, der Kaufmann.

Balthasar blickte in den Himmel. Ein Geier umkreiste lauernd den hellen Stern mit dem Schweif. »Wenn nicht, dann wird der da oben es machen!«

So vertieft waren sie in ihr Elend, dass sie Nathan, den Magier, nicht weiter beachteten. Plötzlich aber wirbelte dieser vor ihnen herum und breitete die Arme aus. Seine Fesseln lagen in einem Knäuel im Sand.

»Schwächlinge!«, rief er. »Befreit euch! Folgt mir!« Und er lief voraus und verschwand bald in einer Wolke aus rotem Staub.

»Aber wir sind nackt!«, rief Caspar, der Kaufmann, ihm nach. »Was sollen die Leute von uns denken!«

»Und wir sind Edelmänner«, stimmten die anderen beiden ein. »Ohne unsere Kleider sieht das niemand!«

Und so konnte es geschehen, dass Jakobus und seine Brüder, die auf Geheiß von Maria zurückkehrten, nur noch drei nackte, angebundene Männer antrafen, die sie kurzerhand erschlugen, damit sie dem alten König nicht von Christa berichten konnten.

Sicher ist sicher, hatte Maria befohlen.

Der Rätselfreund

Ich weiß nicht, welche Schlüsse Sie ziehen würden, wenn Sie beladen mit Geschenken vor der Haustüre Ihrer besten Freunde stehen, um mit einem leckeren Essen und einigen hübschen Rätseln ihren fünfzehnten Hochzeitstag nachzufeiern, Ihnen aber trotz wiederholten Läutens niemand öffnet. Die Rollläden sind vor allen Fenstern heruntergelassen, das Auto steht im Carport.

Sie besitzen einen Zweitschlüssel für Notfälle und fragen sich ein paar Minuten lang, ob es sich hier um einen Notfall handeln könnte.

Sie genießen aber als Trauzeuge auch so viel Vertrauen, dass Ihre Freunde es Ihnen nicht übel nehmen werden, wenn Sie öffnen, selbst wenn alles in Ordnung ist.

Also öffnen Sie und rufen die Namen der beiden abwechselnd lauthals, ohne einzutreten. Tom! Margit! Niemand antwortet.

Die beiden wollten ihren speziellen Tag wieder ganz allein begehen, in aller Intimität. So machten sie es jedes Jahr. Klingel, Telefon und Fax wurden abgestellt. Kein Besuch zugelassen. Nur Margit und Tom.

Liegen sie etwa immer noch im Bett? Ist die Klingel etwa immer noch abgestellt? Sie ziehen Ihre Schuhe vor der Haustüre aus, die sind vermatscht, es hat geregnet, und Sie lassen sie unter dem Vordach stehen.

Sie stellen die Geschenke in der Diele ab und betreten aus Diskretion zuerst die Küche, in der ein ungewöhnliches Chaos herrscht. Niemand hat abgespült. Es riecht nach abgestandenem Fett. Töpfe türmen sich. Das Radio läuft nicht. Es scheint, als hätten Tom und Margit fluchtartig das Terrain verlassen. Eine Hochzeitsreise? Das kann nicht sein. Das konnten sie sich gar nicht leisten.

Im angrenzenden Esszimmer finden Sie die Überreste eines festlichen Essens für zwei Personen. Den Teller Ihres Freundes vor seinem Stammplatz zieren Kaninchenteile, ein Häufchen Mais und eine Portion Kartoffelgratin. Er scheint so gut wie unberührt, die Sauce ist angetrocknet.

Während der Teller gegenüber leergeputzt ist. Dazwischen stehen zwei abgebrannte Kerzen und zwei leere Rotweinflaschen, zwei verschmierte Gläser, eines mit Lippenstiftspuren.

Des Weiteren entdecken Sie Hochzeitstagsgeschenke für Tom. Zwei Fachbücher über Kaninchenzucht und als Draufgabe etwas Lustiges, womit er sicher nicht gerechnet hatte: »Mein verschwundenes Kaninchen.«

Am Boden liegt ein großer, weißer, flacher Karton, in dem sich nur zerknülltes Seidenpapier befindet.

Ihre Beklommenheit wächst.

Sie laufen vom Esszimmer zurück in den Flur und hinauf in den ersten Stock. In den Bade-, Arbeits- und Gästezimmern ist nichts Auffälliges festzustellen. Dann endlich stoßen Sie die Tür zum Schlafzimmer auf und setzen einen Fuß in das Allerheiligste.

Sie stolpern über eine blutverschmierte Holzkeule und ein Fellmesser. Nicht weit davon entfernt liegt Ihre Freundin Margit halbkniend, mit einer klaffenden Wunde im Genick, in dem granatroten Abendkleid vor dem blutüberströmten Doppelbett. Er hatte es ihr also doch gekauft! Auch hier – wie auf den Tellern – wieder alles seit Stunden angetrocknet.

Im Bett liegt einsam und verlassen ein sehr großer Plüschhase, weiß mit schwarzen Flecken, in dessen Fell Heuhalme stecken. Er hat auch von dem Blut abbekommen.

Auf der Frisierkommode liegt ein verpacktes Geschenk mit Ihrem Namen drauf, also meinem, Sie verstehen? Da ich Trauzeuge war, schenkten sie mir anlässlich ihres Hochzeitstages auch immer etwas. Sie hatten sich durch mich kennen gelernt.

Natürlich lassen Sie das für Sie bestimmte Geschenk in so einer Situation erst einmal liegen, stoßen einen Schrei aus und eilen panisch die Treppe wieder hinunter.

Nun geht es ab auf den Hof.

Dort gibt es – auf Holzbeinen aufgebaut und nebeneinander aufgereiht – dreißig gut besetzte Kaninchenställe. In jeder Box sitzt ein Kamerad und mümmelt friedlich vor sich hin. Nein, eine einzige, die letzte, scheint unbewohnt, denn die Türe hängt weit offen in den Angeln. Aber das bemerken Sie natürlich nur nebenbei.

Im angrenzenden Schuppen, wo Sie als Letztes etwas zu finden hoffen, stoßen Sie neben den üblichen Gerätschaften nicht etwa auf einen von der Decke hängenden Tom, sondern auf ein frisch abgezogenes Kaninchenfell am Haken. Ein Belgischer Riese, weiß mit schwarzen Flecken, vom geronnenen Blut einmal abgesehen. Sie schreien schon wieder und haben keine Ahnung, was geschehen ist?

Ich schon.

Alle Achtung! Welch ein Rätsel hatten sie mir da aufgegeben. Dieses Mal haben sie sich selbst übertroffen. Für meinen Geschmack waren sie sogar etwas zu weit gegangen. Aber das muss ich ihnen lassen, welch eine Inszenierung!

Ich werde Ihnen sagen, was da passiert ist.

Ich bin nicht nur deswegen dazu sehr geeignet, weil ich, wie meine Freunde, ein passionierter Rätselfreund bin. Ich kann zum Beispiel in der Beilage meiner Tageszeitung, dem *Kölner Stadt-Anzeiger*, die kleinen Kriminalgeschichten rund um »Inspektor Carter« lösen, ohne die Zeitung auf den Kopf stellen zu müssen. Aus dem Stand!

Ich kenne die beiden auch genau. Margit ist – *war* muss ich ja nun ehrlicherweise sagen – der verspielte, risikofreudige Typ. Eigenschaften, die Tom nicht immer an ihr liebte.

Er ist – oder war, keine Ahnung – eher langsam und bedächtig, aber auch misstrauisch und stur. Und das nicht immer grundlos.

Ich werde Ihnen also jetzt die Lösung sagen, denn ich nehme an, Sie kommen von allein nicht drauf.

Irgendetwas musste Margit doch an ihrem Hochzeitstag kochen. Essen gehen war nicht drin. Die Zeiten waren schlecht. Das zurückliegende Jahr war unverhältnismäßig teuer für die beiden gewesen. Eine Autoreparatur und eine neue Heizung für ihr Häuschen hatten ein tiefes Loch in die Haushaltskasse gerissen. Es machte ihr nichts aus, am Essen zu sparen. Normalerweise. Aber nicht am Hochzeitstag.

Und einen Hochzeitstag ohne Fleisch, das wollte sie Tom nicht bieten. Im Laden kostete so ein Tier! Und man wusste auch nie, woher es kam, womit es gefüttert worden war, wie alt und zäh es war. Nicht so in ihrem Hinterhof. Dort hockten dreißig Stück frisch, bei bester Gesundheit und obendrein nach ihrer Meinung ziemlich sinnlos herum. Auf eines mehr oder weniger konnte es nicht ankommen!

Tom machte das doch auch, hin und wieder, wenn eines seiner Lieblinge nicht genügend Punkte bei der letzten Schau bekommen hatte. Unter 98,5 Punkte, das war so gut wie das Todesurteil.

Tom tat es dann mit einem sauberen Handkantenschlag, exakt dort, wo der Schädel ins Genick überging, mit einem seltsamen Ausdruck in den Augen. Überirdisch. Ja, überirdisch, und irgendwie illuminiert, auf jeden Fall unbeirrbar.

Man konnte auch eine Holzkeule oder einen Holzhammer verwenden, hatte er Margit und mir erklärt, wenn man ein Anfänger war. Danach musste sofort die Halsschlagader geöffnet werden, damit das Opfer ausbluten konnte, bevor ihm das Fell von den Hinterläufen bis über die Ohren abgezogen wurde.

Allerdings wurden die kleinen Loser nie verspeist. Sondern verschenkt, was Margit persönlich immer eine Verschwendung fand. Ich übrigens auch.

Züchter sind oft erstaunlich zart besaitete Wesen. Manche verschenken die ausgesonderten Exemplare sogar lebend, weil sie es nicht schaffen, ihre Lieblinge zu schlachten.

Aber Margit war kein Züchter.

Sie musste für den Hochzeitsabend alles gut durchdacht haben, vielleicht sogar mit viel Liebe.

Natürlich hat sie ein Prachtexemplar ausgesucht, das für zwei reichte. Sicher hat sie ihm vorher prüfend in die Breitseiten gekniffen, ob sich bei ihm die unangenehme Prozedur und das Risiko eines Ehekraches lohne. Die Wahl war auf den Belgischen Riesen gefallen, der in der letzten Box hockte.

Ob sie wusste, dass er zu den besten Pferden im Stall gehörte? Wenn nicht das Beste überhaupt war? Obwohl es ein Kaninchen war. Ich behaupte: Ja, sie wusste es! Es gehörte zu ihrem Spiel. Wenn schon, denn schon, wird sie gedacht haben. Ihr hat an diesen Kaninchen nie viel gelegen.

Nachdem Tom also gestern Vormittag seine Kaninchen versorgt hatte und zur Spätschicht abgezogen war (er arbeitete bei der Post), hatte Margit ihm wohl wenig später dieses große Plüschtier in die Box gesetzt, in der normalerweise das saß, was bei ihr schon auf der Küchenarbeitsplatte gelandet war.

Ein Plüschtier von hoher Ähnlichkeit, weiß bis auf die schwarzen Ohren und ein paar schwarze Punkte verstreut über den großen Körper. Sie hatte sicher nicht wenige Spielzeugläden dafür abklappern müssen. Und ich frage mich, ob dieser Plüschhase nicht teurer war als ein echter. Ich weiß es nicht. Vielleicht ging es auch gar nicht ums Geld, sondern ums Prinzip.

Egal, zurück zu gestern Abend:

Den Rücken in vier Teile zerlegt, die Hinter- und Vorderbeine daneben drapiert, kam jener Belgische Riese wahrscheinlich gerade aus dem Ofen, wo Margit bei mäßiger Hitze die Flüssigkeit hatte ausdampfen lassen, bis das Fleisch einen leicht milchigweißen Schimmer hatte. Sie salzte es, betupfte es mit Olivenöl, als die Tür zur Küche aufgestoßen wurde.

»Feierabend!«

Das sagte Tom immer, wenn er heimkam. Er warf auch immer seine Tasche auf die Küchenbank. Er wird Margit geküsst haben und umarmt, natürlich, es war ihr Hochzeitstag: Aber wie ich die beiden kenne, haben sie sich ihre Geschenke noch aufgehoben, um die Sache spannend zu machen.

Normalerweise sah er immer sofort nach seinen Kaninchen. Zu Margits Leidwesen. Aber gestern Abend hat er das ihr zuliebe bestimmt ausfallen lassen, ich könnte wetten. Er hat es ihr sogar vorher versprechen müssen.

Als er seinen Kopf auf ihre Schultern legte und von dort hinunter auf die Backform schielte, musste er sofort erkannt haben, dass es sich bei dem Fleisch um ein Kaninchen handelte.

»Woher hast du das Fleisch?«

Sie hätte ihm sagen können, Ausschuss von einem seiner Züchterkollegen, aber er hätte nicht länger geruht, bis er gewusst hätte, von wem und warum. Was hatte sie dafür tun müssen? Sein ewiges Misstrauen.

»Vom Supermarkt«, wird sie stattdessen gesagt haben. »Es war ein Angebot.«

Hat er ihr das geglaubt? Ich denke, da werden sich schon allererste Zweifel bei ihm gemeldet haben.

Sie schob die Backform in den Ofen und stellte den Wecker. »Es ist unser Hochzeitstag, oder? Da muss man sich doch mal was gönnen. Also los, jetzt machen wir uns schön.«

Als sie wenig später zusammen die Treppe herunterkamen, war noch genügend Zeit für die Geschenkübergabe.

Er freute sich über die Bücher und überreichte ihr im Gegenzug einen großen, flachen, weißen Karton mit einer roten Schleife. In Seidenpapier gehüllt fand sie darin das granatrote Kleid, von dem sie mir vorgeschwärmt hatte. Ich hatte Tom den entscheidenden Tipp gegeben.

»Ich denke, wir sind pleite.«

»Es ist unser Hochzeitstag, oder? Da muss man sich doch mal was gönnen. Also los, zieh es an!«

»Jetzt?«

»Ja, natürlich.«

»Das Essen wird kalt.«

»Ach was. Es steht alles im Ofen.«

Ich nehme stark an, dass er – während Margit sich umzog – schnell in den Hof gelaufen ist, um nach seinen Kaninchen zu sehen. Ich gehe weiterhin davon aus, dass ihm der reg- und leblose einzige nicht mümmelnde Plüschhase nicht entgangen war. Natürlich verschlug ihm dieser Anblick den Appetit. Aber er hat den Schein gewahrt, den Abend gerettet, zunächst, weil er nicht sofort wusste, was er tun würde, sollte, musste. Er musste nachdenken. Er war eben nicht der Schnellste.

Als Margit im granatroten, langen, ärmellosen Kleid die Treppe herunterkam, saß er schon wieder am Tisch. Ein wenig atemlos zwar, aber Margit bemerkte es nicht, sie war mit sich selbst beschäftigt. Sie drehte sich vor seinen Augen, sodass er auch den tief ausgeschnittenen Rücken sehen konnte. Alles wunderbar.

Sie aßen bei Kerzenschein. Das Fleisch war zart.

»Du isst ja gar nichts«, stellte Margit nach einer Weile fest.

»Ich glaube, ich bin einfach zu müde.«

Sie sprach über ihre Ehe und die vergangenen Jahre, Tom war schweigsam, und sie tranken zu viel dabei. Nach Mitternacht ließen sie alles stehen und liegen. Er trug sie vielleicht noch die Treppe hoch ins Bett und bat sie, das rote Kleid nicht abzulegen. Arm in Arm lagen sie nebeneinander auf dem Rücken.

Auf ihr Drängen tat er weiterhin hundemüde und schob alles auf die Überstunden.

»Lass uns einfach nur hier liegen.«

»Heute ist doch unser Hochzeitstag.«

»Morgen wieder, ja? «

»Morgen?«, fragte sie enttäuscht zurück.

»Hoch und heilig.«

Sie wurde wach, weil ihr etwas Weiches um die Ohren flog. Automatisch und ohne die Augen zu öffnen, griff sie danach und fühlte etwas Plüschiges. Sie zuckte zusammen. Sie blinzelte und entdeckte den schwarz-weißen Belgischen Riesen in ihrer Hand, in dessen weichem Plüschfell ein paar Heuhalme steckten. Die Bettseite neben ihr war leer.

Kein Wunder.

Da stand er in der Tür, breitbeinig wie ein Cowboy, in der einen Hand die blutverschmierte Holzkeule, das Fellmesser in der anderen, mit jenem überirdischen und irgendwie illuminierten Ausdruck in den Augen, ja, diesem unbeirrbaren Blick, den er immer hatte, wenn ...

Die Dielenlampe hinter ihm warf einen langen Schatten aufs Bett, deswegen konnte sie diesen Blick sicher nicht erkennen. Sonst hätte sie nicht weiter gespielt, wäre nicht – scheinbar ergeben wie ein Kaninchen – auf die Bettkante gerutscht, hätte nicht das rote Kleid über die Knie gezogen, den Kopf tief gesenkt und ihm ihren bloßen Nacken dargeboten.

Wie ich sie kenne, wird sie auch noch »Tu, was du nicht lassen kannst« gesagt haben. Mit einem feinen Lächeln, ganz sicher, dass er die Waffen strecken und endlich das tun würde, was er ihr gestern Abend versprochen hatte. Hoch und heilig.

Nun ja.

So und nicht anders muss es gewesen sein.

Alles, was ich hoffen kann, ist, dass Tom bei Margit genauso sauber und endgültig zugeschlagen hat, wie er das bei den Losern tat. Und ich kann nur von Glück sagen, dass er danach das Fellmesser nicht benutzt hat. Wegen des Anblicks, meine ich.

Ich taste das für mich bestimmte Geschenk auf der Frisierkommode im Schlafzimmer ab, kann aber nicht genau sagen, um was es sich da handelt. Von der Größe her kein Buch. Ich kann es unmöglich jetzt noch an mich nehmen. Das wäre pietätlos.

Ich nehme auch die Geschenke für meine Freunde wieder an mich, die ich in der Diele abgesetzt habe, ziehe die Haustüre leise hinter mir zu, steige in meine nassen Schuhe, sehe die Straße hinauf und hinab. Alles ruhig. Es hat nicht wieder angefangen zu regnen. Ich marschiere durch die Dunkelheit nach Hause. Lautlos fast.

Auch wenn ich mir den Abend anders vorgestellt habe, kann ich ihn doch als Erfolg verbuchen. Ich finde, ich kann stolz auf mich sein, die Lösung des Rätsels auf Anhieb gefunden zu haben.

Hot Chocolate

Die ganze Angelegenheit war Max mehr als peinlich. Seine Kollegen hatten ihm mit einem unmissverständlichen Grinsen, Schulterklopfen und Augenzwinkern einen Gutschein für ein »Wellness-Wochenende für den Herrn« zum 50. geschenkt. Anreise am Freitag, Abreise Sonntagnachmittag. Das sah ihnen gar nicht ähnlich. Sie hatten über solche Schönheits-Tempel immer hergezogen. Er solle die Augen aufhalten, dort wimmele es von reichen, einsamen Frauen.

Auch Max' Frau fand die Idee grandios. Sie selbst hatte das Hotel in der Eifel schon öfter aufgesucht und den Kollegen den entscheidenden Tipp gegeben. Sie werde diese Zeit leicht ohne ihn herumbekommen, da solle er sich mal keine Sorgen machen. Sie könne eine Freundin besuchen und bei ihr übernachten. Dann hätten sie viel Zeit zum Reden, endlich einmal, und zum Ausschlafen, endlich einmal.

Max parkte in Simmerath zwischen einem BMW und einem Mercedes Coupé. Ein kurzer Blick reichte aus, um zu erkennen, dass sein Auto das bescheidenste auf dem Parkplatz war. Misstrauisch betrachtete er durch die Windschutzscheibe das rosafarbene, zweistöckige Gebäude, das in einem gepflegten Park mit altem Baumbestand lag, durch den ein Paar in weißen Frotteebademänteln schlenderte. Obwohl sie Kapuzen trugen, konnte er an ihren Beinen und Taillen feststellen, dass es sich um ein Frauenpaar handelte.

Der Eingang in der Giebelfront wurde von zwei rosa Granitsäulen eingerahmt. Im linken Seitenflügel hing vor jedem hohen Sprossenfenster ein kleiner Balkon. Sechs Fenster auf jeder Etage zählte Max durch. Rechts ließ ein flacher Anbau aus Glas ein Schwimmbad erkennen. Durch die beschlagenen Glasscheiben erkannte er eine Reihe gelber Liegen und mehrere vorbeihuschende Gestalten, alle in weiß.

Max holte seine Sporttasche vom Rücksitz, marschierte entschlossen über den Kiesweg, nahm die beiden Marmorstufen mit einem Schritt und schob die Glastür auf. Bloß nichts anmerken lassen, tun, als sei dies nicht das erste Mal. Niemand musste wissen, dass er nur ein Handwerker war, der einen Gutschein geschenkt bekommen hatte.

Er hielt im Grunde nichts von übertriebener Körperpflege. Er duschte natürlich regelmäßig, aber das war schon alles, was er für seinen Körper tat. Abgesehen von der Betätigung während der Arbeit als Polier. Er war schwindelfrei, darauf war er besonders stolz. Absolut schwindelfrei. Ein Mann der luftigen Höhen.

Ätherische Düfte, durchzogen von Chlorgeruch, schlugen ihm entgegen, als er das Foyer betrat, ungewöhnlich feuchte Wärme hüllte ihn ein. Hinter der Empfangstheke entdeckte er eine junge Frau, den Blick starr auf den Monitor ihre PCs gerichtet. Erst als Max geräuschvoll vor ihr seine Sporttasche auf den rosa Marmorfußboden fallen ließ, sah sie auf. Max zog seinen Gutschein aus der Brusttasche, faltete ihn auf und reichte ihn ihr.

»Ach, ein Gutschein«, sagte sie. Sie blätterte in ihrem Reservierungsbuch und entschied: »Sie werden in Nummer 21 wohnen.«

Max nickte.

»Hier ist Ihr persönlicher Behandlungsplan.« Sie schob ein DIN-A4-Blatt über die Theke. »Alle anderen Einrichtungen des Hauses, wie Schwimmbad, Fitnessraum und Sauna können Sie natürlich jederzeit nutzen. Frühstück ist von 8 bis 10 Uhr, Abendessen von 18 bis 20 Uhr. Ich wünsche einen angenehmen Aufenthalt«, und sie rief laut »Susanne!«

Max warf einen schnellen Blick auf das Programm. Sportmassage stand da, Fußreflexzonenmassage, Gesichtsbehandlung, Hot Chocolate und Entspannungs-Ölbad.

Entspannungs-Ölbad! Das, dachte er, das kann ja heiter werden.

Auch der Gedanke an Wasser, an Wasser in derart großen Mengen, war kein guter. Er war kein Schwimmer, er konnte es einfach nicht, erst recht war er kein Taucher. Er stieg noch nicht einmal zu Hause in die Badewanne.

»Kommen Sie?«, fragte eine andere junge Frau, die plötzlich neben ihm stand – wohl Susanne – im Trainingsanzug und mit straff zurückgekämmten blonden Haaren. Er folgte ihr und ihrem Eukalyptusduft durch das Treppenhaus.

Eine Gestalt, in einen weißen Frotteebademantel gehüllt, das Haar in ein weißes Frotteetuch gewickelt, huschte mit Badeschlappen an ihnen vorbei. Ihr Gesicht glänzte. Ihre Augen waren feucht und rot, als habe sie geweint. Max wich ihr aus. Sie duftete nach … Max schnupperte … Pfefferminz, entschied er. Susanne schloss die Nummer 12 auf, als er protestierte. »Ihre Kollegin sagte aber Nummer 21.«

Susanne blickte ihn mitleidig an. »Sie müssen sich irren, Herr Bröler. Das kann nicht sein. Sie gab mir den Schlüssel für die Nummer 12, und sehen Sie, er passt auch.«

Sie schob die Tür auf und betrat als Erste das Zimmer. Es war ein schöner, fast quadratischer Raum. Auf dem Bett lagen ein zusammengefalteter weißer Frotteebademantel und ein Stapel weißer Handtücher.

»Das ist ein Nichtraucherzimmer«, mahnte Susanne. Das war in Ordnung für Max, er hatte das Rauchen vor ein paar Jahren eingestellt.

»Die Behandlungsräume liegen im Erdgeschoss. Bitte seien Sie pünktlich.«

Als er allein war, trat er ans Fenster. Den Parkplatz und den Park konnte er nicht sehen, sein Zimmer zeigte nach hinten hinaus. Er blickte direkt in einen dichten Wald. Egal. Es gab einen Fernseher, und im Erdgeschoss hatte er im Vorübergehen neben dem Speiseraum eine Bar entdeckt. Jetzt ein Bier, dachte er und seufzte.

Er verstaute seine Kleidung und sah immer wieder auf die Uhr. Noch eine Stunde bis zur ersten Behandlung, der Sportmassage. Er zog eine kurze Trainingshose, ein T-Shirt und den weißen Bademantel an und stieg in die Schlappen. Jetzt war er bereit und ging im Zimmer nervös auf und ab.

Besonders bei dem Gedanken an das künftige Entspannungs-Ölbad schauderte ihn.

Erleichtert, dass der Masseur ein Mann war, zog Max sich wenig später in der Kabine wieder aus. Nach anfänglicher Skepsis genoss er die Behandlung sogar. Die kräftigen Hände hinterließen ein warmes, wohlig entspanntes Gefühl. Der Masseur versicherte ihm beim Abschied, auch die Fußreflexzonenmassage am folgenden Tag selbst vorzunehmen.

Max verlief sich auf dem Rückweg und erkundete so nebenher das Terrain. Er warf im Vorübergehen einen Blick in das gut besuchte Schwimmbad. Ein Schwimmbad zu betreten lag völlig außerhalb seiner Vorstellungskraft. Er stieß – nun selbst ganz in weiß – vermutlich öfter auf die gleichen Personen, denn das Tuscheln hinter seinem Rücken war nicht zu überhören.

Als er zufällig an der Zimmertür mit der Nummer 21 vorbeikam, legte er ein Ohr an das Türblatt. Er hörte deutlich Stimmen, eine weibliche, eine männliche, sie diskutierten, dazu ertönten dubiose rumpelnde Geräusche.

Er brachte sich in Zimmer Nr. 12 in Sicherheit, ließ sich aufs Bett fallen und verschlief den Rest des Tages. Er hatte eine harte Woche hinter sich, Überstunden und Schicht, Kälte und Regen und einen cholerischen Architekten, der ihn antrieb.

Am Abend nahm er sein Essen an einem Einzeltisch ein und blickte sich vorsichtig um. Noch vier weitere Männer hatten sich in diesen Schönheitstempel gewagt. Sie saßen nicht schweigend und allein wie er, sondern unterhielten mit ihrem Lachen den ganzen Speisesaal. Sie waren auch Jahre jünger als er, sonnenbankgebräunte und muskelbepackte Schönlinge. Braun war er auch, dachte Max trotzig, und zwar naturbraun, und seine Muskeln waren nicht das Resultat eines Besuchs im Fitness-Studio, sondern das harter Arbeit. Einem von diesen Typen musste die Stimme aus Zimmer Nr. 21 gehören.

Die Frau von heute morgen, die nach Eukalyptus duftete, war auch wieder da. Und ihre Augen waren immer noch feucht und rot, als habe sie geweint. Sie saß am Fenster, allein. Sie hatte braune, lange Haare und war noch jung. Sie war hübsch. Eine Sekunde zögerte Max. Sollte er eine Gelegenheit suchen, sie anzusprechen? Seine Freunde würden das sicher erwarten. Erwarten, dass er von Erfolgen berichtete. Aber als sie den Kopf senkte und angestrengt auf das weiße Tischtuch starrte, verließ ihn der Mut. Sie hatte sicher andere Sorgen.

Das Essen bestand aus drei Gängen. Auf den riesigen Tellern sah es nicht gerade üppig aus, eher übersichtlich. Viel Gemüse und Salat, wenig Fleisch, keine dicken Soßen. Max, an deftige und große Portionen gewöhnt, stand nach dem Dessert hungrig auf, nahm einen halben Liter Bier mit auf sein Zimmer und schlief vor dem Fernseher wieder ein, froh, den ersten Tag mit Anstand über die Bühne gebracht zu haben.

Blieb nur noch dieses glitschige Entspannungs-Ölbad!

Während der Fußreflexzonenmassage am Samstagmorgen beobachtete er angestrengt, welch rätselhafte Dinge der Masseur mit seinen abgearbeiteten, schwieligen Füßen veranstaltete. Mal musste er ein Kichern, mal einen Schmerzensschrei unterdrücken. Die Frage, wozu das Ganze gut sein solle, verkniff er sich nur mit Mühe. Hinterher ging er wie auf Wolken und hatte gleichzeitig das Gefühl, man habe ihm Rollschuhe untergeschnallt.

Bei der Gesichtsbehandlung am Nachmittag wurde es dann ernst. Eine junge Frau im weißen Kittel bat ihn in einen Stuhl, ähnlich wie beim Zahnarzt, kippte ihn in Flachlage, zog eine Neonlampe und einen Vergrößerungsspiegel heran und betrachtete eingehend seine Gesichtspartien. Immer wieder schüttelte sie entsetzt den Kopf, legte die Stirn in Falten, als könne sie nicht fassen, was sie sah. Er schien ein aussichtsloser Fall zu sein.

»Es wird ein wenig weh tun«, warnte sie Max. Das war schamlos untertrieben. Krampfhaft hielt er sich an den Lehnen fest. Sie zupfte und pulte, sie drückte und rieb. Sie massierte und cremte, wusch wieder ab und cremte ihn wieder ein.

»So«, sagte sie endlich und schien halbwegs mit dem Ergebnis zufrieden. »Mehr kann ich jetzt nicht für Sie tun. Sie sollten regelmäßig zur Kosmetikerin gehen.«

Als hätte ich sonst nichts zu tun, dachte Max, erhob sich, bedankte sich und floh in sein Zimmer, wo er im Badezimmerspiegel das Ergebnis begutachtete. Er sah aus, als habe er einen mittelschweren Sonnenbrand abbekommen.

Während die vier Schönlinge am Abend wieder an der Bar saßen und heftig flirteten, begnügte sich Max wieder mit einem halben Liter zum Mitnehmen und einer extra Portion Schlaf.

»Entspannen Sie sich«, sagte die Frau am Sonntagmorgen. Es war Susanne. Sie ging mit festem Schritt noch ein paar Mal hin und her, Wasser lief, Papier raschelte. »In zwanzig Minuten bin ich wieder bei Ihnen.« Sie knipste das Licht aus. Die Tür fiel hinter ihr zu. Leise Geigenmusik säuselte im Hintergrund.

Max lag in der Dämmerung auf dem Bauch, den Rücken dick eingeschmiert mit einer schweren, heißen, zähen, braunen Schicht, eingehüllt vom Duft des süß-herben Kakaos, der ihm wie eine Droge die Sinne benebelte. Beine und Po abgedeckt mit einem Handtuch. Er schloss die Augen. Zwangspause. Er wagte nicht, sich zu rühren. Falls die Schokolade erkaltete – fragte er sich – würde sie bröckeln? War das Milch- oder Bitterschokolade? Und wozu war das nun wieder gut? War Schokolade nicht zum Essen da?

Kurz darauf hörte er, wie nackte Füße auf dem gekachelten Boden tippelten und sich wispernde Stimmen näherten. Waren die zwanzig Minuten schon vorbei? Er musste eingeschlafen sein. So viel wie hier hatte er schon ewig nicht mehr geschlafen. Ein leichter Windzug streifte ihn, als laufe man um ihn herum. Dazu ein leises Kichern. Wieder Wispern. Er verstand Wortfetzen, die keinen Sinn machten, aber darunter ganz deutlich die Zahl Einundzwanzig. Als Protest brummte er ein schwaches Nein. Nein, er war die Nummer zwölf. Auch wenn er gerade nicht besonders gut zu erkennen war, er war es, Max Bröler.

Er machte den Ansatz aufzustehen, stemmte sich auf seine Hände, aber als seine Liege bewegt wurde, geschoben und gerollt, ließ er sich wieder fallen. Die Liege und er nahmen Fahrt auf, und er ließ es träge zu, konnte gar nicht anders. Es ging über holperige Schwellen, die er wie das angenehme Rattern eines Zugs empfand. Er war wie gelähmt, wie betäubt vom Schokoladenduft. Es war zu mühsam, die Augen zu öffnen, den Kopf zu heben, um zu sehen, wohin die Reise ging. Vielleicht träumte er ja auch nur.

Peterchens Mondfahrt fiel ihm ein, und er atmete tief durch. Gleich würde er abheben. *Peterchens Mondfahrt* hatte seine Mutter ihm vorgelesen, wenn er nicht schlafen konnte, mit ihrer leisen, sanften Stimme. Und er seinen eigenen Kindern, als sie noch klein waren.

Als seien die Rollen gegen einen Widerstand geprallt, kam die Liege plötzlich zum Stehen. Das Fußteil wurde angehoben, erst nur ein wenig, als richte man ihn aus, dann wurde er steiler und steiler aufgerichtet, und Max begann den Halt zu verlieren. Moment, dachte er, hakte seine Zehen an das Ende der Liege ein, hielt sich mit den Händen am Rand fest, krallte sich in das Laken und das Handtuch, die aber ebenfalls allesamt zu rutschen begannen, konnte den Kopf immer noch nicht heben, er schien wie angewachsen.

Nach dem Durchqueren eines kleinen, luftleeren Raumes schlug etwas hart und kalt gegen sein Gesicht, seine Brust, seinen Bauch und über ihm zusammen. Max schluckte viel zu viel von der verhassten Flüssigkeit, sie drang in ihn ein, während er sich unaufhaltsam einem grün gekachelten Untergrund näherte, ehe braune Schlieren, wie ein zu dünn geratener Kakao, das Wasser verfärbten und verdunkelten. Nase, Ohren, Stirn, alles schien überzulaufen. Luftblasen wirbelten auf. Er ruderte mit Händen, Armen und Beinen, drehte und wendete sich, wusste nicht mehr, wo oben und unten war. Sank er oder stieg er auf?

Wenn das das Ende war, so durchfuhr es ihn – was doch nicht sein konnte, nicht jetzt und nicht so und nicht hier in der Eifel – dann kam er wenigstens um das gefürchtete Entspannungs-Ölbad herum.

Er wusste nicht, dass dies tatsächlich sein letzter Gedanke war. Aber das weiß man ja nie.

Schritt für Schritt

Er steht in einer schmalen Grube und taucht auf und ab, und um ihn herum türmen sich frische, gelbe Lehmhaufen.

»Alfred!«

Er fährt hoch, einen Spatenstiel in den Händen, und starrt entsetzt umher. Sein Gesicht ist so rot wie das verrutschte Käppi auf seinem Kopf.

»Mathilde?«

»Was machst du da?«, herrscht sie ihn an.

»Ich … ich … ich ...«

»Nennst du das Laufen?« Sie kommt näher, watschelnd, wie es ihre Art ist zu gehen, wenn sie es eilig hat. Sie kann nicht fassen, was sie da sieht.

»Nein, natürlich nicht, aber, ich ...« Alfred wischt sich mit dem Arm den Schweiß von der Stirn, dabei fällt etwas Lehm vom Blatt des Spatens zurück ins Loch.

»Was soll das werden?« Sie steht jetzt mit den Fußspitzen am Rand der Grube und blickt hinein. Das Loch ist etwa zwei Meter lang, einen Meter breit und reicht Alfred bis zum Bauch. »Dein eigenes Grab?«

Alfred lächelt gequält.

»Wie siehst du überhaupt aus?«

Er sieht an sich herab und zuckt mit den Achseln. Er trägt seinen nagelneuen, dunkelblauen Trainingsanzug mit drei weißen Streifen auf der Hosennaht und den Ärmeln, seine Füßen stecken in weißen Schuhen mit drei blauen Streifen, nur sein rotes Käppi ist von Nike. Die Lehmstreifen auf den Oberschenkeln und Turnschuhen versucht er zu erklären. »Frau Umbach ...«

»Wer soll das schon wieder sein?«, keift sie.

»Ihr gehört doch die Laufschule.«

»Sie soll dir das Laufen beibringen und sonst nichts.«

»Ich bin doch eben schon mit ihr gelaufen, Mathilde, ehrlich. Da hinten am Friedhof entlang bis zum Moor. Sie ist jetzt mit einer anderen Gruppe unterwegs.«

»Wer's glaubt wird selig.«

»Du kannst sie ja fragen. Es ist nämlich so.« Während sie die Hände in die Hüften stemmt, stützt er sich auf dem Spaten ab und sieht zu ihr auf. Lehmstreifen verzieren seine verschwitzte Stirn und die Wangen, als sei er auf dem Kriegspfad. »Frau Umbach will ein Lehmstampfbecken bauen ...«

»Na und?«

»Stell dir vor, die Handwerker haben sie sitzen lassen«, erklärt Alfred mit weinerlicher Stimme.

»Ihr Problem.« Mathilde wandert um die Grube herum, wie ein Jäger, dem ein Tier in die Falle gegangen ist. Alfred verrenkt sich den Kopf, um ihr mit seinen Blicken folgen zu können.

»Du hast ja recht«, gibt er zu und stochert mit dem Spaten herum, »aber ich wollte ihr ein bisschen helfen, weil sie immer so nett zu mir ist und sich so viel Mühe mit mir gibt.«

»Und was ist mit mir? Bin ich etwa nicht nett zu dir?«

»Doch natürlich, du bist die beste Frau der Welt. Mathilde, das weißt du doch. Wie schön, dass du hergekommen bist.« Alfred versucht ein breites Grinsen. Sogar zwischen seinen Zähnen klebt Lehm. »Soll ich dir die ›Laufoase‹ zeigen?«

»Lenk nicht ab. Bei uns im Haus ist alles kaputt, der Garten sieht aus wie ein Dschungel, das Auto ist dreckig, weil der Herr Rentner zu krank ist. Aber für andere kann er arbeiten.«

»Tut mir leid, wirklich, du weißt doch, dass Dr. Trimborn mir das Laufen verordnet hat, wegen meiner Depressionen. Morgen, ich verspreche es dir, morgen arbeite ich nach dem Sport zuhause. Nur für dich. Bestimmt. Was soll ich zuerst machen? Sag es, und ich mache es.« Alfred lehnt sich an die Grubenwand und Mitleid suchend streicht er über ihre Schuhe.

Sie tritt ihm auf die Finger. »Lass das! Morgen, morgen, morgen, das kenne ich. Nein, jetzt. Du kommst auf der Stelle da raus, auf der Stelle.« Sie weist mit dem Zeigefinger vor ihre Füße.

»Aber, das geht nicht.« Alfred verlegt sich aufs Betteln.

»Und ob das geht! Wir fahren nach Hause, und du reparierst als erstes die elende Treppenstufe, ehe ich mir noch den Hals breche, aber vielleicht willst du das ja auch.«

»Morgen kommt doch der Beton«, sagt Alfred leise.

»Wer?«, fährt sie ihn an.

»Der Beton für das Fundament des Lehmstampfbeckens kommt morgen«, sagt er langsam und deutlich.

»So so.« Sie rollt mit der Zunge im Mund hin und her, wie sie es tut, wenn sie nachdenkt. Ihre Augen verengen sich zu schmalen Schlitzen. Sie zieht die Schultern hoch.

Alfred wendet sich ab, bückt sich und rammt den Spaten in den harten Grund. »Ich beeile mich. Bin ja bald fertig. Nur noch eine kleine halbe Spatentiefe.« Er reißt den Stiel hoch und wirft den Lehm mit Schwung neben die Grube. Ein paar Brocken landen auf Mathildes rechtem Fuß.

Sie reißt den Mund auf, aber es kommt kein Ton heraus. Sie bückt sich, greift nach dem Spaten und zieht. Alfreds Hände rutschen auf dem Stiel herab, bis sie an die scharfen Kanten des Blattes kommen. Als sie in seine Handballen schneiden, lässt er los. Er dreht die Handflächen nach außen und starrt darauf. Er blutet.

»Sieh mal!«, seufzt er, streckt ihr die blutenden Hände entgegen und legt den Kopf schief.

Ist es der Anblick des Blutes, ist es sein jammervolles Gesicht, ist es die Tatsache, dass er einen Meter unter ihr steht? Nie vorher war ihr seine entsetzliche Unterwürfigkeit bewusster geworden. Sie macht sie wahnsinnig, sie spürt, wie ihr der Puls hinter den Schläfen zu klopfen beginnt.

Rasend vor Wut holt sie aus und lässt das flache Spatenblatt auf Alfreds Kopf krachen. Es federt nach, Alfred sackt in die Knie. Mathilde schlägt erneut zu, auch auf die Schultern und die Arme. Er rappelt sich auf, und sie rammt ihm das Blatt in die Brust, er torkelt. Sie rammt, er torkelt. Er fällt auf den Rücken. Sie stochert wie wild auf ihm herum, als wolle sie ihn in einzelne Stücke hacken, wie einen Kuchen auf einem Blech.

Als Blut aus seinen Mundwinkeln quillt und seine Gliedmaßen unkontrolliert zucken, hält sie inne. Als er seine Augen verdreht und das Licht in seinen Pupillen erlischt, betrachtet sie die Bescherung.

Der schöne, neue Trainingsanzug ist zerfetzt. Wenn sie eine andere Waffe gehabt hätte, hätte sie nicht den Spaten genommen. Ein Messer oder eine Pistole, aber Derartiges besitzt sie nicht, und selbst wenn, hätte sie sie nicht mitgebracht, denn, als sie hierher zur Laufschule nach Ellscheid kam, hatte sie nicht vor gehabt, Alfred zu ermorden.

Sie wollte nur wissen, warum er heute früher gefahren war, als gewöhnlich. Sie hatte den Verdacht, dass er gar keinen Sport machte, sondern sich hier mit jemandem traf. Mit einer Frau. Einer aus der Laufgruppe. Einer Geliebten. Und heute hat er es vielleicht nicht abwarten können, sie wiederzusehen.

Aber eine Geliebte gibt es nicht. Ihn mit einer Geliebten zu erwischen, hätte ihn in ihren Augen wenigstens zu einem richtigen Mann gemacht. Ein Lehmstampfbecken auszuheben ist einfach nur lächerlich. Vielleicht hat Mathilde Alfred auch aus Enttäuschung erschlagen.

Und nun, da es geschehen ist, blickt Mathilde sich kurz um, springt zu ihm hinunter, zieht ihm das rote Käppi vom Kopf und die weißen Schuhe, die jetzt eher lehmfarben sind, von den Füßen und klettert wieder hinaus. Sie legt beides beiseite und schiebt mit dem Spaten die aufgeworfenen Lehmhaufen in die Grube zurück, bis die Zwischenräume ausgefüllt sind und Alfred völlig bedeckt ist. Dann tritt sie die Lehmschicht platt. Nicht ohne dabei ständig über dem Grubenrand Ausschau zu halten, ob Frau Umbach mit ihrer Laufgruppe schon zurückkehrt.

Alfred ist kein dicker Mann und außerdem hat er vermutlich viel zu tief gegraben – er tut nie, was man ihm sagt - so dass Mathilde davon ausgehen kann, dass niemand etwas bemerken wird.

Nach getaner Arbeit nimmt sie erleichtert Käppi und Sportschuhe an sich, verlässt die »Laufoase« und steigt in ihr Auto, das sie auf der großen Löwenzahnwiese vor dem Tor abgestellt hat. Langsam fährt sie über den Mürmesweg in den Ort zurück und parkt hundert Meter weiter, schräg gegenüber der *St.-Antonius-Kirche* am Rand der Hauptstraße.

Es ist nur ein Freitagmittag, der letzte im April, aber der Ort liegt so still und menschenleer, als sei es ein Sonntag. Vor den Haustüren blühen in Kübeln Stiefmütterchen und Tulpen. Pollen fliegen im leichten Wind. Eine dicke Glückskatze streicht an einer Mauer entlang, und ein geflecktes Kälbchen unter einem violetten Fliederbusch beobachtet die fremde Frau, die, bewaffnet mit einem roten Käppi und ein paar Sportschuhen, vor der Bushaltestelle mit der Bronzestatue *Os Tant wort op de Bus* nun zu Fuß wieder auf den Mürmesweg einbiegt.

Mathilde lässt die »Laufoase« mit ihren Gartenhäusern, tibetanischen Gebetsfähnchen in den Bäumen, dem Weiher, der

Feuerstelle und nicht zuletzt dem halbfertigen Lehmstampfbecken rechts liegen.

Als Nächstes folgt der Friedhof. Mathildes Blick schweift vom Kriegerdenkmal, der Trauerhalle und der kleinen Votivkapelle zu den akkuraten Buchenhecken, die die Gräber in Felder aufteilen. Es ist genügend Platz für Neue da. Aber Alfred wird auf keinem Friedhof der Welt beerdigt werden, auch nicht in seinem Heimatort Gillenfeld.

Einen Gedanken lang bedauert Mathilde, nie an seinem Grab stehen zu können, um an die schöne Zeit zu denken, die sie miteinander gehabt hatten, als er noch ein stolzer, selbstbewusster Mann war. Bevor die Depressionen kamen.

Mathilde setzt sich das rote Käppi auf die blonden Locken, schwenkt einen Schuh in jeder Hand und setzt ihren Weg über die Anhöhe fort. Weite Sicht, der Horizont von keinem Windrad getrübt, über eine Müllkippe und einen Holzhandel hinweg, bis hin zum Naturschutzgebiet *Mürmes* und dem Moor.

Über dem Moor, das wie ein Maar in einer Mulde liegt, und wo die Gräser und Weiden nicht grün, sondern schwarzbraun oder grau sind, dreht ein Ultraleichtflieger, der vom nahen Segelflugplatz Senheld gestartet ist, seine knatternden Runden.

Mathilde hat Respekt vor dem Moor und den Geschichten, die man von ihm erzählt, nicht nur die von den Kühen, die darin stecken geblieben sein sollen. Etwas Wahrheit steckt in jedem Märchen.

Als sie den Weg verlässt, setzt sie vorsichtig einen Fuß vor den anderen und spürt ganz bewusst dem Untergrund nach, ehe sie den nächsten Schritt macht. Ameisenhaufen türmen sich über unsichtbaren Erdspalten. Der Boden ändert sich. Zuerst trocken und staubig, wird er zusehends feuchter, glitschiger, aber der Untergrund bietet noch Halt. Als auch dieser beginnt, unter ihren Füßen zu schwimmen, hält Mathilde inne. Keinen Schritt weiter sollte sie gehen.

Sie zieht das Käppi ab und wirft es mit flachem Schwung, wie eine Frisbee-Scheibe, in Richtung Moor. Es segelt davon, ein Windzug treibt es nach links, ein anderer nach rechts, es dreht sich ein paar Mal um sich selbst, ehe es landet und im Gras hängen bleibt und einen idealen Platz findet, um gesehen zu werden.

Alfreds Schuhe stellt sie akkurat nebeneinander mit den Spitzen in Richtung Käppi. Mathilde richtet sich auf, reibt sich die Hände und blickt umher.

Hinter ihr nähert sich eine kleine Läufergruppe in gemächlichem Trab. Mathilde duckt sich hinter einem Brombeerstrauch. Sie hört Stimmen, Lachen und dann einen Schrei.

»Seht mal da!«

»Der rote Fleck da!«

»Sieht aus wie eine Mütze!«

»Hoffentlich ist da nichts passiert.«

»Kommt, wir gehen nachsehen.«

Schritte nähern sich, das Stimmengemurmel wird lauter, trockenes Gras bricht, Zweige knicken, Vögel steigen schimpfend auf. Mathilde schiebt sich hinter einen dicht bewachsenen Zweig und sieht, wie die Läufer vor Alfreds Sportschuhen stehenbleiben.

»Das sind doch Alfreds Schuhe!«, ruft eine keuchende Frauenstimme.

»Sicher?«

»Ich kenne doch seine Schuhe. Außerdem, Größe 46 hat doch sonst keiner hier.«

Mathilde kann nichts sehen, sie kann nur hören. Und sie hört immer wieder diese eine Frauenstimme, wie sie nach

Alfred ruft. Verzweifelt schreit sie seinen Namen. Das ist sie, denkt Mathilde, die Geliebte. Also, doch.

»Eigentlich«, erklärt eine andere Stimme, »konnte er im Moor nicht ertrinken und untergehen. Man kann höchstens darin stecken bleiben, nicht allein wieder herausfinden und dann durch den eiskalten Schlamm an Unterkühlung sterben. Das dauert ein paar Stunden. Dann müsste er noch irgendwo liegen.«

»Das kann man aber nur aus der Luft sehen.«

»Alfred!«

»Hör auf, Sandra!«

Sandra heißt die Geliebte also.

»Hat keiner ein Handy?«

»Doch, ich!«

»Ruf die Polizei!«

Nicht lange, und ein Suchkommando durchstreift das Gelände rund um das Moor, und ein Hubschrauber surrt in der Luft. Mathilde hätte der Polizei sagen können, dass ihre Arbeit vergebens ist. Stattdessen meldet sie Alfred noch am gleichen Abend als vermisst. Ein Kommissar überreicht ihr mit fragendem Blick die Sportschuhe und das Käppi. Letzteres hat ein besonders mutiger Polizist mittels eines langstieligen Keschers aus dem Moorweiher eingefangen.

Mathilde starrt entsetzt auf Alfreds Hinterlassenschaften. »Das ist alles, was mir von ihm geblieben ist?«

Nein, nein, man gehe davon aus, dass Alfred noch lebt. »Im Moor kann man nicht ertrinken, das weiß doch jeder.«

»Werden Sie ihn dann also anderswo suchen?«, fragt Mathilde unter Tränen.

Bedauernd schüttelt der Kommissar den Kopf. »Wenn Erwachsene verschwinden, haben sie vielleicht einen guten Grund.«

»Was soll das heißen?«, entfährt es Mathilde.

Der Kommissar zuckt mit den Schultern und versucht, sie zu trösten. »Er wird schon wiederkommen. Die meisten kommen irgendwann wieder.«

Mathilde mustert ihn misstrauisch und denkt, dass er nicht weiß, was er da sagt.

Oft geht sie seit diesem Tag zum *Mürmes*, weniger um Alfreds zu gedenken, als vielmehr mit einer gewissen Genugtuung Sandra, die Geliebte, zu beobachten, wie sie ganz in Schwarz, vom Tüllschleier über dem Gesicht bis zu dem schwarzen Rock, der bis zu den Füßen reicht, zu jeder Tages- und Nachtzeit durchs Moor streift und leise wimmernd seinen Namen ruft. Man nennt sie die »Schwarze Frau«.

Eines Tages scheint auch sie aufgegeben zu haben, denn Mathilde sieht sie nicht mehr. Sie ist verschwunden, spurlos, mysteriös, so wie Alfred damals. Man könne sich gar einen Zusammenhang vorstellen, steht im *Trierischen Volksfreund.* Obwohl oder vielleicht auch, weil sie viel jünger als Alfred war und sie eine gemeinsame Leidenschaft hatten: das Laufen.

Im September, sechs Monate nach Alfreds Tod – Mathilde bezieht fleißig seine Rente, und das Lehmstampfbecken in der »Laufoase« verrichtet insbesondere zur Freude der Kinder seine Dienste – rumpelt Inge Umbachs weißer Jeep über den Weg *Unterm Schlafberg* ins Naturschutzgebiet *Mürmes.* Um die Laufstrecke im Herbst von Laub und im Winter von Schnee und Eis zu befreien, hat sie eine Erlaubnis vom Förster bekommen. Am nächsten Tag soll ein Benefizlauf zugunsten eines Ruandaprojektes stattfinden.

Am alten Wehr, das den Mürmesbach zur Torferhaltung staut, läuft ein Rinnsal quer über den Weg. Wenig Licht kommt an diese feuchte, dunkle Stelle, aber ein schmaler Sonnenstrahl fällt durch den Blätterwald auf einen weißen, gebogenen Stamm, der im rostigen Schütz-Schieber, der ewig lange nicht mehr geöffnet wurde, eingeklemmt ist.

Inge Umbach hält an, steigt aus und klettert durch den Matsch. Nach ein paar Schritten glaubt sie, am Ende des Stammes eine Hand zu erkennen, zwischen den aufgequollenen weißen Fingern scheint schwarzer Torf zu kleben. Ungläubig nähert sie sich und blickt über den Schieber auf den Moorweiher, wo tatsächlich im Morast ein menschlicher Körper an der Oberfläche schwimmt. Mit dem Rücken nach oben.

Mann oder Frau?

Klarheit erhält Inge Umbach, als die Polizei mit einem Kranwagen die Leiche aus dem Moor heben lässt und auf dem Waldweg ablegt. Der aufgedunsene Körper ist entstellt, ein schwarzer Tüllschleier hat sich um die Hüften der Toten geschwungen.

Der Benefizlauf findet trotzdem statt. Ruanda ist weit weg.

Ganz allmählich kehrt wieder Ruhe in Ellscheid und Gillenfeld ein. Mathilde freut sich ihres Lebens und ist dankbar, dass die Gerechtigkeit endlich gesiegt hat. Alle haben bekommen, was sie verdient haben, Alfred und Sandra, und sie selbst ganz besonders. Sie genießt ihre Freiheit, und mit Alfreds beachtlicher Rente, die sie nun ganz für sich allein hat, plant sie die Weltreise, die sie schon immer machen wollte. Weihnachten auf Haiti, oder so. Aber wenn sie das Haus verlässt, trägt sie nachlässige Kleidung, beugt den Rücken und lässt die Mundwinkel hängen. Ihre traurigen Augen scheinen ruhelos nach Alfred zu suchen, als könne er jeden Augenblick hinter einer Häuserecke auftauchen.

Das tut er nicht, denn das Schicksal hat Zeit, und es geht seinen eigenen Gang, Schritt für Schritt.

Ende Oktober, da steht eines Tages Inge Umbach vor Mathildes Tür. Mathilde streckt nur den Kopf durch den Spalt, denn sie trägt gerade ihren neuen, hautengen, rosa Nicki-Hausanzug. Nachdem sie sich die freundlichen, einfühlsamen Worte des ungebetenen Besuches angehört hat, fragt sie ungeduldig: »Was wollen Sie denn eigentlich hier?«

»Wollen Sie nicht mal mit uns laufen?«, fragt Inge Umbach aufmunternd. »Laufen ist gut für die Seele, besonders wenn die dunklen Tage kommen.«

»Ich weiß nicht«, zögert Mathilde, die im Lebtag nicht laufen würde. Womöglich würde die Umbach sie auch noch überreden in dieses Lehmstampfbecken zu gehen und auf Alfred herumzutrampeln. »Vielleicht im nächsten Jahr.«

»Ja, gerne, jederzeit, wann immer Sie möchten«, freut sich Inge Umbach. »Im Frühjahr ist auch das Lehmstampfbecken neu betoniert und der frische Lehm aufgefüllt. Das wird Ihnen gut tun, Sie werden sehen. Bis dahin, alles Gute für Sie.« Sie wendet sich ab, geht die Stufen hinunter und schiebt das Gartentor auf.

Mathilde muss schlucken. »Neu betoniert, sagen Sie?«

Inge Umbach dreht sich um. »Der Lehm muss natürlich regelmäßig ausgetauscht werden, der Hygiene und der Heilkraft wegen, verstehen Sie, und letztes Mal habe ich gesehen, dass es Risse im Beton gibt. Das ist ärgerlich.«

Das kann man wohl sagen, denkt Mathilde.

Herzenswunsch

Wenn in der Weihnachtszeit ein Kind entführt wird, ist das besonders tragisch. Vor allem für die Eltern, aber nicht nur. Auch wir im Vermisstendezernat stehen dann unter dem immensen Druck, das Kind entweder bis Heilig Abend wieder gesund und munter abzuliefern, oder, wenn das nicht möglich ist, den Eltern zumindest die traurige Nachricht vorzuenthalten, damit sie mit einer Spur von Hoffnung dieses Fest aller Feste verbringen können.

Und wie ergeht es erst dem Kind, das eigentlich damit beschäftigt sein sollte, Türchen um Türchen in seinem Adventskalender zu öffnen, Geheimnisse zu wittern, Spuren des Christkindes zu verfolgen und vor Aufregung bebend kaum Schlaf zu finden? Es achtete sicher nicht darauf, nicht entführt zu werden. In dieser Zeit von den Eltern getrennt irgendwo womöglich gefesselt zu hungern, an Schlimmeres will ich gar nicht denken, das ist wohl das Grausamste, was man sich für ein Kind vorstellen kann.

Wer also in dieser Zeit die Dreistigkeit besitzt, ein Kind zu entführen, ist ein besonders schäbiges und verachtenswertes Individuum. Da sind wir uns wohl alle einig. Die Weihnachtszeit ist eben eine ganz besonders emotionale Zeit. Da macht man so etwas nicht. Erst recht nicht. Dieser Tatsache kann sich wohl kaum jemand entziehen. Es sei denn, man wandert nach Papua Neuguinea aus.

Dass es sich bei dem Täter jedes Mal um ein und dieselbe Person handelte, war uns ziemlich schnell klar, da er immer nach dem gleichen Schema vorging. Immer, fragen Sie? Ja, es war in den drei vergangenen Adventswochen zu jeweils zwei Entführungen gekommen. Das bedeutet sage und schreibe sechs Entführungen. Gott sei Dank waren es so genannte leichte Entführungen, denn jedes Mal tauchten die Kinder genau zwei Tage später, pünktlich zur gleichen Stunde wieder auf. Sie waren in keiner Weise zu Schaden gekommen, wie die zu Rate gezogenen Kinderärzte feststellten, sondern kehrten überhäuft mit Geschenken, übermüdet aber überhaupt nicht unglücklich zurück. Als wären sie aus einem wunderbaren Traum erwacht, lag ein seliges Lächeln auf ihren Gesichtern, die erröteten Wangen strahlten förmlich.

Bei den Geschenken handelte es sich um wahr gewordene Herzenswünsche. Wünsche, die die Eltern nicht erfüllen konnten oder wollten. So bekam ein Mädchen endlich den kleinen Hund, den es schon immer haben wollte, ein Junge den Computer der neuesten Generation, ein anderer das 26-gängige Mountainbike …

Zwar brachte dieses Verhalten dem Täter in der Öffentlichkeit einige Sympathiepunkte ein, aber er blieb natürlich weiterhin ein Unmensch, denn er hatte die Kinder mit an Sicherheit grenzender Wahrscheinlichkeit erpresst, zu schweigen. Aber worüber?

Die Kinder gehorchten ihm auf besonders hartnäckige Weise. Verständlich, sie wollten ihre Geschenke nicht wieder verlieren. Mit keiner Silbe wurden wir etwas über den Verlauf des unfreiwilligen Treffens gewahr, noch über den Täter selbst. Auch die Eltern oder besten Freunde gingen leer aus. Die Herkunft der Geschenke konnte nicht zurückverfolgt werden. Verräterische Nummern aus Chargen, Verkaufsfilialen oder gar Preisetiketten waren sorgfältig entfernt oder zumindest unkenntlich gemacht worden.

Die Kinder verstanden die ganze Aufregung nicht. Sie spielten verzückt mit ihren vorgezogenen Weihnachtsgeschenken und sahen dem Heiligen Abend nun mit großer Gelassenheit entgegen, viel schöner konnte es nicht mehr werden. Die Eltern schienen fast eifersüchtig zu sein auf den großzügigen Täter. Es entwickelte sich eine Art Rivalität. Anstatt dem Täter auf Knien zu danken, dass er ihren Kindern nichts angetan hatte, gaben sie keine Ruhe.

Auch wir im Dezernat beließen es natürlich nicht dabei. Wir bildeten eine Sonderkommission, nannten sie »Herzenswunsch«, ich wurde der Leiter und klärte zunächst Folgendes ab: Auch wenn wir hier immer von einem Täter sprachen, konnte natürlich genauso gut eine Täterin in Betracht kommen, wenn nicht sogar noch viel eher, da in der Weihnachtszeit besonders Frauen emotional stark betroffen sind. Kindheitserinnerungen, überzogene Erwartungen in der Familie und die ermüdenden Vorbereitungen für das Fest aller Feste machen ihnen das Leben schwer.

Auf diese Variante hatte mich eigentlich meine eigene Frau gebracht, mit der ich am Abend – frustriert von der erfolglosen Fahndung – über diese Fälle sprach. Sie klagte selbst seit Jahren über die schreckliche Weihnachtszeit, vor der es kein Entrinnen gab.

Wie auch immer, gehen wir ruhig von einer Frau aus. Geld schien nicht das Problem der Täterin zu sein. Auch Zeit schien sie im Überfluss zu haben, da die Entführungen mal morgens, mal mittags und mal abends stattgefunden hatten. Die Tatorte wiesen keine Übereinstimmungen auf.

Mal geschah es in einem überfüllten Kaufhaus in der Fußgängerzone, dass ein Kind von der Hand der Mutter verschwand, mal auf dem Weihnachtsmarkt. Mal von einem Spielplatz aus, mal im Zoo mitten im Regenwaldhaus.

Es handelte sich jeweils um Kinder im Alter von sechs bis sieben, Jungen und Mädchen. Die Kinder waren nicht miteinander verwandt und kannten sich nicht. Sie waren weder arm noch reich, ihre Auswahl schien rein zufälliger Natur. Sie besuchten unterschiedliche Grundschulen.

Nicht viel, um tätig zu werden. Eigentlich gar nichts. Unter uns, wir hingen völlig in der Luft. In der Presse veranstalteten wir den üblichen Wirbel, um glaubhaft zu bleiben, und gaben kryptische Erklärungen ab. Dann gab uns der Täter ungewollt Hilfestellung. So ist es ja meistens, man muss den Hinweis nur sehen und verstehen. Aber wir waren blind und taub.

Es musste erst zum siebten Kidnapping kommen. Vier Tage vor Heilig Abend, morgens vor einem Schultor, wurde von einem fahrenden Auto aus ein Mädchen von der Straße gerissen. Niemand konnte im Gewühl den Täter und in der Dunkelheit des Dezembermorgens den Wagentyp oder gar das Nummernschild erkennen.

Außer einem kleinen Jungen, der uns später den Tatort zeigen konnte. Er behauptete, er habe gesehen, wie jemand die Autotür aufgerissen habe, um nach dem Mädchen zu greifen und es auf den Beifahrersitz zu zerren. Alles sei so schnell gegangen.

»War er groß, war er klein?

»Er hat gesessen.«

»Hatte er blonde oder braune Haare?«

»Es war dunkel.«

Als wir von ihm ließen, sagte er: »Ich hab nur gehört, wie das Radio ganz laut Musik gespielt hat.«

»Ja, ja«, sagte ich und strich ihm über die dunkelblaue, gestrickte Wollmütze. »Schon gut.« Einem meiner Inspektoren, irgend so einem ehrgeizigen Erbsenzähler, gab ich mit einem Kopfnicken zu verstehen, sich um den Kleinen zu kümmern, was nichts anderes bedeutete, als seine Eltern zu informieren, seine Aussage aufzunehmen und mit ihm Fotos bekannter Kidnapper durchzugehen.

Meine Frau, der ich wie stets von meinem Arbeitstag berichtete, fragte: »Was lief denn im Radio?«

»Wieso?«, fragte ich gereizt zurück. Was interessierte mich das? »Wahrscheinlich ein Weihnachtslied.«

»Welches Lied?«, beharrte sie.

»Keine Ahnung«, sagte ich genervt.

»Erkundige dich.«

»Jetzt?« Ich saß schon auf dem Sofa, hatte die Beine schon hoch, wollte mir gerade die zweite Bierflasche öffnen.

»Ja, jetzt.«

»Na gut, aber nur weil du es bist und wir bald Weihnachten haben.«

Ich rief im Dezernat an und tatsächlich der Erbsenzähler hatte es notiert.

»*Ihr Kinderlein kommet*«, sagte ich zu meiner Frau.

Sie nickte. »Siehst du.«

»Ich finde es auch höchst passend«, brummte ich wütend.

Wir sprachen nicht mehr viel an diesem Abend. Wir sahen fern, aber ich war mit meinen Gedanken überall. Wenn Sie mich fragen würden, was ich gesehen habe, ich könnte es Ihnen nicht sagen. Wenn mir das ein Verdächtiger sagt, glaube ich ihm nie. Na ja. So ist das.

Natürlich ließen wir den neuen Tatort nach der Entführung nicht mehr aus den Augen. Meine Kollegen und ich saßen in getarnten Fahrzeugen in beiden Fahrtrichtungen. Wir hätten sofort zuschlagen können. Aber wir konnten es nicht. Genau zwei Tage später, wieder kurz vor Unterrichtsbeginn, tippelte das Mädchen – aufgetaucht wie aus dem

Nichts – an einem unserer Fahrzeuge vorbei. Beladen mit Geschenken. Niemand hatte gesehen, woher es gekommen war. Es konnte die Last kaum tragen und lächelte uns an, als wir ihm sagten, es müsse heute nicht in die Schule, wir würden es nach Hause fahren, so als habe sein Traum noch immer nicht aufgehört.

Es war alles unfassbar. Und blamabel zugleich. Selbst der Oberbürgermeister ließ uns das wissen. Die Presse verhöhnte uns und machte sich über uns lustig. Der Druck wurde so groß, dass wir ihm kaum noch Stand halten konnten.

Wir überwachten die ganze Stadt, alle öffentlichen und nicht-öffentlichen Gebäude, alle verfügbaren Polizisten waren auf den Beinen. Nur noch zwei Tage bis Heilig Abend. Es durfte jetzt einfach keine Entführung mehr passieren. Es war ein Horrortrip.

Wo wir auch Streife gingen, saßen oder standen, wurden wir von diesem süßlichen Brei aus Tönen berieselt, der wie eine wabernde, schwere Wolke über der gesamten Stadt lag, die aufgrund schwieriger Windverhältnisse nicht wegziehen wollte. Lautsprecher waren in allen Winkeln angebracht, sodass die verschiedenen Weihnachtslieder sich überschnitten und vermengten bis zur Unkenntlichkeit. Unsere Nerven lagen am Abend wirklich blank.

Als ich nach Hause kam, empfing mich aus dem Wohnzimmer Weihnachtsmusik. Nein! Alles in mir bäumte sich auf. Ich rannte zum Radio und würgte es ab. »Wenn ich noch ein einziges Weihnachtslied höre, laufe ich Amok«, schrie ich und hämmerte wie wild auf das Gerät ein.

Als ich mich umdrehte, stand meine Frau im Türrahmen. Sie hatte das Küchentuch fallen lassen und starrte mich an wie einen Geist – und da endlich begriff ich.

Es kostete uns von der Sonderkommission »Herzenswunsch« nur ein paar Telefongespräche, um alle Fußgängerzonen, den Weihnachtsmarkt, und vor allem unseren lokalen Rundfunksender einzuschwören, an den kommenden Tagen jeweils morgens, mittags und abends zu einer übereinstimmend vollen Stunde zehnmal *Ihr Kinderlein kommet* hintereinander abzuspielen.

Bis zum Heiligen Abend ließ die Täterin uns schmoren, dann ging sie wieder auf Kinderfang. Nicht ohne uns. Dieses Mal hatte sie die Stadtbücherei erwählt. Wie der Zufall es wollte: mein Standort. Trotzdem klug, denn hier waren Kinderwünsche nur geliehen.

Während *Ihr Kinderlein kommet* aus dem Lautsprecher dudelte und die Mutter zwischen Regalen verschwunden schien, sah ich – eigentlich eher zufällig und aus den Augenwinkeln, wie eine relativ große Gestalt im langen, schwarzen Mantel sich zu einem Mädchen herunterbeugte und auf es einredete, ihm mit der einen Hand ein Buch, eine CD und ein Spiel entgegenhielt und es mit der anderen an der Schulter berührte.

Ich spürte, wie meine Hand sich zu einer Faust ballte, wie mein Puls in den Schläfen schlug. Ich näherte mich auf Zehenspitzen, ich flüsterte in mein Funkgerät: »Ich habe sie, ich lasse sie die Bücherei verlassen, ihr wartet draußen, wir sind diskret, kein Massenauflauf, pssst …«

Das Mädchen trug die Geschenke fest an die Brust gepresst, während die schwarze Gestalt es mehr oder weniger vor sich herschob. Keinem außer mir wurde die Situation bewusst. Da sieht man es wieder, dachte ich wütend.

Ich folgte den beiden durchs Treppenhaus. Vor dem Eingang sah ich die bekannten Wagen stehen, Stoßstange an Stoßstange am Straßenrand – und atmete auf. Es war so gut wie geschafft.

Die Frau war ein Mann mit ruhelosen, blassen Augen, der das Mädchen sofort losließ und die Hände abwehrend hob. Die Kleine wurde von einer Beamtin in Obhut genommen und zurück in die Stadtbücherei geführt.

Der Mann sah den beiden nach, und dann begann er unaufgefordert mit einem Geständnis. Er hörte gar nicht wieder auf mit reden.

Vor vier Jahren sei er von seiner Frau verlassen worden, und dürfe aufgrund eines fatalen Richterspruches seine Kinder nicht mehr sehen. Dabei habe er sich nichts zu Schulden kommen lassen. Der Neue seiner Frau sei ein Anwalt, gegen den habe er nicht die geringste Chance. Er sei der Vater eines Jungen und eines Mädchens. Sechs und sieben Jahre alt. Henning und Sophie hießen sie, sagte er unter Tränen. Sie seien diesen Sommer umgezogen, und er wisse nicht einmal, wo sie nun wohnten.

Immer wenn dieses Lied gespielt wurde, *Ihr Kinderlein kommet*, könne er nicht mehr an sich halten. Er habe den Kindern aber kein Haar gekrümmt. Er habe einfach wenigstens vor Weihnachten 24 Stunden lang noch einmal fühlen wollen, wie es ist, Vater eines Kindes zu sein.

Auch wenn er uns leid tat, mussten wir ihn natürlich zunächst in U-Haft nehmen, wo er sich noch in derselben Nacht in seiner Zelle erhängte. Schöne Heilige Nacht. Aber wir haben das jetzt öfter, diese völlig verzweifelten Väter. Nur an Weihnachten ist eben alles noch viel entsetzlicher.

Meine Frau nahm das alles sehr persönlich. Sie fühlte sich schuldig. Es dauerte fast bis zum Sommer, ehe sie sich ganz davon erholte. Es versteht sich von selbst, dass bei uns zuhause seitdem keine Weihnachtslieder mehr gespielt werden. Damit können wir leben. Das trifft nur uns zwei, meine

Frau und mich, denn wir haben bis jetzt keine Kinder. Ich glaube, wir lassen es auch dabei. Falls es mal zur Scheidung kommt. Ich bin da vorsichtig geworden.

Tea For Two

Kaum hatte Thomas Ashfield den Pfeil losgelassen, machte dieser sich mit einem sirrenden Geräusch auf den Weg, jedoch, kurz bevor er sein Ziel erreichen konnte, erfasste ihn eine Bö, warf ihn aus der Bahn, so dass sich seine Spitze anstatt in die Attrappe aus Maisstroh in eine Person aus Fleisch und Blut bohrte, bei der es sich um Edward, vierundzwanzig Jahre alt und Bruder des Schützen, Zwillingsbruder sogar, handelte.

Edward und Thomas Ashfield, einzige Erben und Bewohner von Shrewsbury Castle in der Grafschaft Shropshire in den West Midlands, waren nur anhand ihrer Augen voneinander zu unterscheiden. Edward hatte kleine, dunkelbraune Knopfaugen, Thomas große, wasserblaue Augen.

Nun schien durch die Windbö ausgerechnet eines der Wiedererkennungszeichen für immer zerstört, denn der Pfeil steckte mitten in Edwards linker Pupille, während das rechte dunkelbraune Knopfauge ohne Wimpernschlag in eine unbestimmte Ferne starrte. Edward, der wie sein Bruder mit braunen Lederstiefeln, karierter Hose und Weste, Kaschmir-Schal und weißem Hemd gekleidet war, lag hingerafft auf dem Rücken, Arme und Beine weit von sich gestreckt. Seine Schirmmütze lag wie eine Schildkröte auf dem Bauch in einiger Entfernung. Über seine linke Schläfe rann eine hellrote Blutspur auf die Wange hinab.

Thomas blickte sich ängstlich um. Man war allein im weitläufigen Park, allein bis auf die schimpfenden Sperlinge und Eichhörnchen in den Bäumen, die bellenden Jagdhunde im Zwinger, den Jaguar auf dem Kiesweg vor den Garagen. Shrewsbury Castle hob sich dunkel gegen den Himmel ab.

Nur im blauen Salon brannte ein Kronleuchter. Thomas sah auf die Uhr. Es war gleich fünf Uhr, Zeit für den Tee. Sophie, die uralte Amme, erwartete sie schon.

Er legte zwei Finger auf Edwards Halsschlagader, ein Ohr an seinen Mund, eine Hand auf seinen Brustkorb. Nichts tat sich. Nirgendwo Leben. Angewidert und ohne hinzusehen zog er den Pfeil aus dem linken Auge, legte Edward den karierten Kaschmir-Schal über das Gesicht, umfasste seine Fußgelenke und zerrte ihn hinter den nächsten Busch, setzte ihm die Schirmmütze wieder auf, legte die Attrappe aus Stroh, Bögen und Pfeilen auf ihn, brach ein paar Eiben-Zweige ab, bedeckte alles damit, beseitigte zum Schluss die Schleifspuren im Gras und lief mit weiten Schritten zum Schloss.

»Bist du das, Edward?«, rief Sophie mit zitternder Stimme, als Thomas den Salon betrat, der so groß war, dass man vom Teetisch aus nicht genau erkennen konnte, welcher der beiden Erben den Raum betrat. Edward war Sophies Liebling. Aufrecht, gradlinig, zielstrebig, Anwalt mit glänzenden Aussichten. Er war im Begriff, die abscheuliche Pamela Livingstone zu ehelichen, die eine ziemlich gute Partie war. Jetzt natürlich Schnee von gestern. Selbst wenn Edward wieder zum Leben erwachen würde, Pamela würde wohl kaum einen Einäugigen zum Manne nehmen können, das tat man in diesen Kreisen einfach nicht.

Thomas dagegen war ein Träumer, Spinner und Spieler. Er wettete bei Hunde- und Pferderennen, er konnte einfach nicht die Finger davon lassen. Sein Lieblingstraum war es, eine Teeplantage in Indien zu erwerben, aber er hatte kein Glück und seine Apanage schon mehrfach überzogen. Schon sein seliger Vater, Lord William Ashfield, hatte geschworen, ihn nie wieder irgendwo auszulösen. Auch nicht aus dem Tower.

Als Thomas nun hörte, wie Sophie ihn Edward rief, kam ihm das wie gerufen.

»Ja, ich bin es, Sophie«, rief er etwas atemlos vor Anstrengung und Aufregung von der Tür aus und verbeugte sich tief dabei, so dass seine Stirn gegen die Knie schlug. »Ich will mich nur kurz frisch machen. Ich bin sofort zurück, wartet nicht auf mich!«

Er lief hinauf in sein Zimmer, durchsuchte seine überfüllte Schreibtischschublade, bis er sie in den Händen hielt: die Hülle. Er zog das Gestell heraus, stellte sich in seinem Badezimmer vor den ovalen Spiegel. Perfekt. Augen sah man nun nicht mehr, ob blau ob braun, sie verschwanden hinter den verspiegelten Gläsern seiner Sonnenbrille. Natürlich besaß sein Bruder Edward die gleiche.

Thomas wusch sich die Hände, fuhr sich durch die Haare und bekleckerte sich mit dem Herrenduft, den alle männlichen Mitglieder der Familie Ashfield seit Generationen zu benutzen pflegten.

Mit einem »Da bin ich!« tauchte er wieder im Salon auf und ließ sich von Sophie den Tee servieren, der golden in das feine Wedgwood-Porzellan plätscherte. Es war der übliche *Darjeeling*.

Und es war natürlich nicht irgendein *Darjeeling,* den die Ashfields seit Generationen zu schlürfen pflegten. Weder der *Darjeeling Autumnal* (der nach dem Monsunregen im Oktober/November geerntet wird) noch der *First Flush* (der im Februar/März nach der Winterpause an den Hängen des Himalaja gepflückt wird) kamen ihnen ins Schloss, sondern einzig und allein die Krönung: der *Second Flush* (aus der späten Mai/Juni-Ernte), der hoch-aromatische und exzellente Geschmackserlebnisse garantierte und den man sich direkt aus Indien liefern ließ.

Thomas trank ihn ohne Milch, leider hatte Edward nicht die gleiche Angewohnheit. Gehabt. Angewidert musste Thomas nun zusehen, wie sich die Milch in fettigen Schlieren über seinen zarten *Darjeeling* hermachte. Fieberhaft ging er die anderen Vorlieben des niedergestreckten Bruders durch. Er hatte sich nie sonderlich für ihn interessiert. Edward war in seinen Augen nichts als ein bohrender Langweiler.

»Was ist mit deinen Augen, Edward?«, wollte Sophie wissen.

»Nichts, Sophie, nur eine Fliege ... sie erwischte mich im Park, als ich dort meinen Spaziergang machte.«

»Soll ich Doktor Little ...?«

»Aber nein, das wird nicht nötig sein. Erst wenn sie morgen noch da ist.«

»Gut. Nimm doch einen Ingwerkeks.«

Da war es. Thomas hasste Ingwerkekse, Edward liebte sie.

»Und wo ist dein Bruder Thomas wieder?«, fragte Sophie.

»Ausgegangen. Wir kennen ihn doch. Er wird die Zeit vergessen haben. Unser kleiner Tunichtgut!«

Edward war immer noch tot, als Thomas später im Park hinter dem Busch nach ihm sah. Gegen Mitternacht, im Schutz der Dunkelheit, zog er ihn durch den Hintereingang ins Schloss über die Marmortreppen hinauf in den ersten Stock und wälzte ihn in seinem eigenen Zimmer aufs Himmelbett. Sein Zimmer war im Gegensatz zu Edwards marineblauem Zimmer ganz in Jägergrün gehalten. Beide waren sie ansonsten identisch eingerichtet und lagen Tür an Tür im Ostflügel. Die hohen Sprossenfenster zeigten alle zum Park. Den Sonnenaufgang über den uralten Eichen und Nussbäumen hätten sie ohne Schwierigkeiten sehen können, wenn der Himmel in den West Midlands nicht so oft verhangen wäre.

Thomas weckte Sophie und bat sie, ihre berühmten Teekompressen für Thomas herzustellen, der endlich, aber mit brennenden Augen, von einer seiner Zechtouren heimgekehrt sei. In der Zwischenzeit sah Thomas sich gezwungen, auch das andere Auge zu entfernen. Angeekelt benutzte er dazu ein Rasiermesser, spülte das Auge in die Toilette und war gerade erst fertig, als es an die Tür klopfte.

Sophie hatte die aufgeweichten Blätter in zwei Leinensäckchen gefüllt und servierte sie auf einem Silbertablett, das Thomas bereits auf der Türschwelle entgegennahm. Verwundert vergaß sie zu erklären, was sie eigentlich erklären wollte.

Aber Thomas erkannte sogleich am Duft, dass sie nicht den üblichen *Darjeeling Second Flush* genommen hatte, sondern nur den einfachen *Earl Grey*, der für das Personal bestimmt war, und rümpfte die Nase. Aber Edward musste ihn nicht trinken. Für eine Kompresse musste es reichen.

Er entfernte den blutgetränkten Kaschmir-Schal, ließ auf jedes Auge seines Bruders ein Leinensäckchen fallen, verließ ihn postwendend und damit seine bisherige Identität. Von nun an war er Edward Ashfield, eigentlich Edward William Ethan George Ashfield, aber Edward genügte ihm vollauf. Edward Ashfield war er und niemand sonst.

Im Zimmer seines Bruders suchte er nach den Papieren, die ihm die Tore zur Welt öffnen sollten. Wenn die Teekompressen gelüftet wurden, sollten die Konten des toten Bruders geräumt sein, und er tunlichst schon unter falschem Namen im Flieger nach Indien sitzen. Er hatte also überhaupt keine Zeit zu verlieren.

Was Thomas nicht wusste, war, dass Sophie deswegen den billigen *Earl Grey* genommen hatte, weil ihr der *Darjeeling Second Flush* ausgegangen war. Am nächsten Morgen, noch vor dem Frühstück, sollte die neue Lieferung kommen. Das leichte Aroma des *Earl Grey* erinnert an Limone, stammt aber in Wirklichkeit vom ätherischen Öl der Bergamotte und war ursprünglich dazu gedacht, den Moder-, Fisch- und Teergestank zu überlagern, der während der langen Meeresüberfahrten von China nach England in die Säcke voller Teeblätter drang. Dieses ätherische Öl hätte sich für die ausgefransten Augenhöhlen des Edward Ashfield als durchaus heilsam erweisen können, vorausgesetzt er lebte noch.

Für den einfachen und preiswerten *Earl Grey*, wie er gerade gut genug für das Personal auf Shropshire Castle war, war der Duft und Geschmack natürlich nur durch ein künstliches Aroma hergestellt worden, das in seiner chemischen Zusammensetzung geradezu ätzendes Gift für offene Wunden war.

Das wusste wiederum Sophie nicht und Thomas erst recht nicht, da er in Chemie immer eine Niete gewesen war. Wenn er nicht ein so guter Sportler gewesen wäre, hätte er den Abschluss auf der University of Oxford nie und nimmer geschafft. Er hatte aber im Vierer-Ruderer seine Mannschaft zum Sieg geführt.

Edward hätte also, wenn er noch gelebt hätte, aufschreien müssen. Und das tat er auch. Aber erst vierundzwanzig Stunden später, als Thomas schon im Flieger nach Indien saß und der neue *Darjeeling Second Flush* aus Indien schon in der Vorratskammer von Shrewsbury Castle fachmännisch gelagert worden war.

Kaum kam Edward zu Bewusstsein, überfiel ihn ein stechender Schmerz zwischen Stirn und Nase. Er riss die inzwischen angetrockneten, leicht klebenden Teesäckchen hoch und schleuderte sie mit einem Aufschrei von sich. Er bäumte sich auf, stolperte zu einem der Sprossenfenster, zog den schweren Samtvorhang auf, weil er nichts sah. Aber danach sah er immer noch nichts, natürlich auch nicht, dass er im jagdgrünen Zimmer seines Bruders Thomas lag. Sonst hätte er sich gefragt, warum. Er tastete sich ins Bad und stellte sich vor den Spiegel. Und obwohl es gut war, dass er nicht sehen konnte, wie er aussah, schrie er: »Hilfe!« und ließ sich wieder auf das Bett fallen.

Sophie stürzte herein. »Thomas!«, stieß sie hervor, als sie das zerstörte Gesicht sah. Ihr einfaches Gemüt sagte ihr, dass nur sie und dieser billige *Earl Grey* daran die Schuld trugen. Sie ließ die blutigen Teesäckchen in ihrer Schürzentasche verschwinden, ehe sie am Bett niedersank und nochmals aufschrie: »Thomas!«

Da erst begriff Edward, dass er in Thomas' Zimmer liegen musste. »Hol den Arzt!«, brüllte er außer sich. »Schnell! Schnell!«

»Sofort, Thomas!« Sophie stürzte davon.

Doktor Horace Little erschrak fast zu Tode bei seinem Anblick, beschrieb ihm aber wunschgemäß sein Äußeres und verarztete seine Wunden.

Je öfter Edward hörte, wie man ihn Thomas rief, je klarer wurde ihm, dass sich ihm hier die einmalige Gelegenheit bot, in die Rolle des leichtsinnigen, rücksichtslosen und verwöhnten Bruders zu schlüpfen. Eine Rolle, die ihm insgeheim immer ebenso widerwärtig wie reizvoll vorgekommen war. Auf jeden Fall aber beneidenswert.

Deswegen ließ er Doktor Little, Sophie und sogar die abscheuliche Pamela in dem Glauben, Thomas zu sein, sprach vage von einem Duell im Morgengrauen mit einem Kameraden und davon, dass der gute, brave Edward bei seinem Anblick in Panik das Weite gesucht habe. Er ahnte, dass es nicht für lange sein würde. Und er behielt recht.

Der wahre Thomas erwarb derweil in Nordindien gerade einen Anteil an einer Teeplantage mit dem Namen *Bhanh Bhakta*. Sie lag in zweitausend Meter Höhe an einem Südhang des Himalaja-Gebirges unweit der Stadt Darjeeling.

Aber er ging wie immer nicht den geraden Weg, sondern versuchte bald durch illegalen Verschnitt und Umgehung der offiziellen Stellen die Produktion auf die Schnelle zu erhöhen. Er verkaufte schwarz, wenn er nicht sogar unterschlug. Als man ihm auf die Schliche kam, jagte man ihn davon. Völlig verarmt kaufte er sich von seinen letzten englischen Pfund dunkelbraune Kontaktlinsen und kehrte reumütig heim nach Shropshire und Shrewsbury Castle.

Edward saß mit einer Sonnenbrille in einem Korbstuhl auf der Veranda und genoss die letzten warmen Strahlen der Herbstsonne auf der Haut, als er eine Stimme hörte.

»Edward!«

Nach all der Zeit, in der er nun schon Thomas gerufen wurde, zuckte er vor Schreck zusammen. Seit er blind war, hörte er besser, aber nun traute er seinen Ohren nicht.

»Edward!«, zischte die Stimme erneut.

»Thomas?«

Die Brüder einigten sich schnell: Es sollte bleiben, wie es gekommen war, bestimmte Edward. Er hatte sich an seine neue Rolle gewöhnt und hatte nicht vor, sie wieder aufzugeben.

Während er als Thomas blind und träge im Korbsessel saß, musste Thomas als Edward in die Fußstapfen seines Bruders treten, den Anwalt spielen, die abscheuliche Pamela heiraten und wohl bis ans Ende seines Lebens Tee mit Milch trinken und Ingwerkekse essen.

Das konnte aber jeden Tag vorbei sein, denn Edward bestand darauf, wie früher jeden Tag seine geliebten Pfeilspiele zu machen. Thomas musste die Stroh-Attrappe halten und ihn dirigieren, wenn er den Bogen spannte. Thomas überstand diese perfide Prozedur nur deswegen ohne psychischen Schaden, weil er dabei die Augen schloss und fest an den Traum seines Lebens dachte: Die Teeplantage *Bhanh Bhakta* am Südhang des Himalaya, die für einige Wochen seine gewesen war. Er hatte den Duft noch in der Nase und die Gesänge der Pflücker noch im Ohr.

Wein, Weib und Gesang

Wein! Wie Oswald ihn liebt! Wie Oswald ihn braucht! Wein macht einen anderen Menschen aus ihm.

Der etwas mürrische, verschlossene, schüchterne Mann, der Oswald aufgrund einer lieblosen Kindheit, einer unglücklichen Pubertät, einiger unerwiderter Liebschaften und einer gescheiterten Ehe ist, blüht auf und verwandelt sich in einen forschen, charmanten, überaus geistvollen und wortgewitzten Oswald. Je nach Tagesform braucht er nicht mehr als eine Flasche. Je härter sein Tag war, desto weniger Wein ist vonnöten, um die Metamorphose in Gang zu bringen.

Vorausgesetzt es ist der richtige Wein.

Weißwein wirkt überhaupt nicht, hat Oswald nach einigen Selbstversuchen feststellen müssen, egal woher er kommt. Auch Rosé geht gar nicht. Diese »Ich weiß nicht, was bin ich«-Mischung aus Rot und Weiß, nehmen nicht einmal die Winzer ernst. Nein, es muss ein roter Wein sein. Und zwar ein Deutscher. Italiener, Franzosen, Portugiesen oder Spanier haben eine umgekehrte und damit verheerende Wirkung bei ihm. Sie machen ihn depressiv. Nach ein paar Gläsern kann er sich selbst nicht mehr leiden, Weltschmerz überfällt ihn, und er heult Rotz und Wasser, egal wo er sich gerade befindet. Wie oft hat ein aufmerksamer Tisch-Nachbar ihm schon im letzten Augenblick das spitze Steakmesser aus der Hand gerissen, als er versuchte, es sich in die Brust zu rammen, oder ein Zimmer-Nachbar ihn von einem Hotelbalkon gezerrt, als er schon halb über dem Geländer hing.

Nein, ein solider deutscher Rotwein gehört in die Flasche. Beim Jahrgang, den Rebsorten und dem Anbaugebiet lässt er sich gern immer wieder überraschen und gibt jedem Winzer eine Chance.

Zu Oswalds großem Bedauern sind nur etwa ein Drittel aller deutschen Weine rot. Aber das wird sich bald ändern. Es tut sich was in den deutschen Weinbergen und -kellern. Denn Rotwein ist Medizin! Er unterscheidet sich von allen anderen Alkoholika durch eine ganze spezifische Ingredienz.

Das Zauberwort heißt Flavanoide!

Ein Wort, das Oswald kaum aussprechen kann, wenn er ein paar Gläser Wein intus hat, und noch viel weniger, wenn er nüchtern ist.

Fla-va-no-ide – lassen Sie sich das Wort Silbe für Silbe einmal auf der Zunge zergehen. Klingt es nicht vielversprechend? Klingt es nicht nach ewigem Leben?

Zurecht, denn diese Flavanoide sind der reine Jungbrunnen: Gefäßschützer, Antioxidantien, Cholesterinsenker und Radikalenfänger und … und … und. Theoretisch könnte man Flavanoide auch mittels Traubensaft, schwarzem Tee oder Schwarzer Schokolade zu sich nehmen. Aber Rotwein, darin sind wir uns ja wohl alle einig, schmeckt nun einmal besser als alles andere zusammen.

Oswald behauptet jedenfalls mit Fug und Recht von sich, ohne Flavanoide nicht mehr leben zu wollen. Kein Wunder! Sind sie es doch, die aus dem verklemmten Buchhalter einen singenden Helden machen – es ist nicht der Alkohol, auch wenn andere das behaupten, denn nur bei Rotwein wächst er über sich hinaus. Und nur in Rotwein sind diese Flavanoide. Da liegt die logische Schlussfolgerung doch auf der Hand! Und logisch denken kann der Oswald! Im Übrigen ist er doch selbst der lebende Beweis für die letzten Zweifler.

Seine Metamorphose verläuft immer nach folgendem Schema: Kaum hat er genügend Flavanoide intus, spricht er die nächstbeste Frau an und wundert sich, dass sie ihm auch antwortet. Nach kurzem Wortgeplänkel wird er zudringlich. Kurz darauf setzt eine kleine Erinnerungslücke ein, in welcher die Frau seltsamerweise ums Leben kommt und er zu singen beginnt wie ein junger Gott. Kaum zu fassen, weil er eigentlich kein Mörder und überhaupt nicht musikalisch veranlagt ist. Er ist Buchhalter mit Leib und Seele. Seine Welt ist die Welt der Fakten und Zahlen.

Wein, Weib und Gesang. Um diese Dinge macht Oswald einen großen Bogen, seitdem er von der Metamorphose weiß. So ganz geheuer ist sie ihm nicht. Vor allem nicht die Erinnerungslücke. Erst drei Mal hat er sein Talent zum Ausbruch kommen lassen.

Beim ersten Mal war Oswald am Freitag nach der Arbeit von seiner Heimatstadt Trier nach Mayschoß an die Ahr gefahren, um in einer Weinstube den neuen Wein des Jahres zu probieren. Und da er sich bei Weinverkostungen grundsätzlich weigert, das gute Zeugs wieder auszuspucken, wie es die Professionellen machen, und er insofern einen harten Tag hatte, als ihm eine Kündigung wegen Unterschlagung drohte, ging die Metamorphose sehr schnell vonstatten.

Unterschlagung! Welch großes Wort für ein kleinen Fehler. Hat sich der Herr Richter noch nie vertippt? Das kann doch mal passieren ... Wo gehobelt wird, da fallen Zahlen, oder?

Oswald war jedenfalls schon auf 180, bevor er den Wein bestellte. Der Wein war gut, und bereits der erste Schluck wirkte. Die Frau, die schon die ganze Zeit neben ihm gesessen hatte, war plötzlich nicht mehr unattraktiv. Er begann mit ihr zu schäkern, er flirtete, sie tanzten. Sie hieß Mathilde!

Ihr Nachbar zur Linken und Oswald brachten Mathilde im Morgengrauen nach Hause. Sie machten sich jedenfalls auf den Weg dorthin, kamen aber nicht an, weil Mathilde unterwegs das Zeitliche segnete und ihnen danach nicht mehr sagen konnte, in welche Richtung sie gehen sollten.

Kaum lag sie auf der Straße, stellte Oswald sich breitbeinig über sie und schmetterte *O sole mio* durch die stillen Straßen von Mayschoß, behauptete jedenfalls der Nachbar zu Linken. Dabei kennt Oswald gar nicht den Text. Geschweige denn die Melodie. Er kann auch kein Italienisch. Und in Italien war er auch noch nie.

Mathilde lag auf der Straße, weil sie von jemandem erwürgt worden war. Oswald konnte das nicht gewesen sein. Er konnte sich an ihren Hals überhaupt nicht erinnern. War er dünn, war er lang, dick und kurz, faltig oder glatt? Keine Ahnung. Er hatte sie berührt, ja, natürlich, sie wollte es ja auch, aber nicht an ihrem Hals.

Glücklicherweise beachtete man Oswald bei Gericht nicht weiter, höchstens in seiner Eigenschaft als Zeuge, da der Nachbar zur Linken zufällig ihr Ex war. Der konnte so viel beteuern wie er wollte. Er hatte ein Motiv. Ich sage nur ein Wort: Unterhalt.

Beim zweiten Flavanoid-Ansturm auf seine Blutbahn hat Oswald wieder aufgepasst, dass er nicht mit einer Dame allein war. Es war in Boppard am Rhein. Er war schon wieder auf 180, denn er hatte die hundertste Absage auf seine Bewerbung kassiert und am Ende lag wieder eine Frau tot auf der Straße, und Oswald konnte sich wieder an nichts erinnern. Sie hieß Michaela!

Gesungen hat er auch wieder, wie der andere behauptet, der sich Herbert nannte.

Warum ist es am Rhein so schön.

Dieses Lied kennt Oswald tatsächlich, das gibt er zu. Sogar in voller Länge. Es ist nicht schwer. Der Titel wird ein paar Mal wiederholt und dann kommt:

Weil die Mädel so lustig, und die Burschen so durstig,
darum ist es Rhein so schön, am Rhein so schön.

Michaela wurde erstochen, nicht von Oswald, aber immerhin von seinem Taschenmesser. Das musste Herbert, der leider in keiner verwandtschaftlichen Beziehung zu ihr stand, ihm unbemerkt aus der Tasche gezogen haben. Das Messer trug Blutspuren von Michaela und Fingerabdrücke von Oswald und Herbert.

Da wurde es kompliziert für Oswald. Es gab ein langwieriges Verfahren, an dessen Ende er wegen vollständiger Trunkenheit zur Tatzeit zur Rechenschaft gezogen wurde. Der Wirt der Weinstube in Boppard bestätigte, dass er zwei Flaschen Rotwein getrunken hatte, und er hatte noch am Morgen, als man ihn aufstöberte, reichlich Promille im Blut. Von den Flavanoiden war natürlich wieder einmal keine Rede. Polizisten sind Ignoranten. Richter auch.

Denn obwohl Herbert das auch alles vorzuweisen hatte, war es Oswald, für den der Richter sich als Mörder entschied, wegen der Fingerabdrücke am Messer plus Vorstrafe wegen Unterschlagung plus einer Akte aus Mayschoß. Dabei hatte das eine mit dem anderen überhaupt nichts zu tun.

Er bekam fünf Jahre. Fünf Jahre kein Besuch! Fünf Jahre keine Flavanoide! Der einzige Tee, der Oswald in seine milchige Plastiktasse geschüttet wurde, war Pfefferminztee. Als er um Schokolade oder roten Traubensaft bat, lachte man ihn aus.

Als Oswald entlassen wurde, machte er um Weinstuben aller Art einen weiten Bogen und trank auch zu Hause zunächst keinen soliden deutschen Rotwein. Nach ein paar Tagen das erste Glas, die erste Flasche, nur langsam kam er wieder zu Kräften. Wochen später wagte er dann einen neuen Selbstversuch. Die dritte Metamorphose verlief untypisch. Die lange Abstinenz musste schuld daran sein.

Als Oswald sich das erste Mal nach seiner Gefangenschaft mit einem gewissen Quantum Flavanoide traute, seine Wohnung zu verlassen, im Dunkeln und ohne Taschenmesser, und nach einer Frau Ausschau hielt, achtete er darauf, dass er keinen Zeugen hatte.

Aber keine Frau, sondern ein Mann trat aus einer dunklen Ecke hervor und kam auf ihn zu. Es war jener Mann aus Boppard, für den Oswald gesessen hatte. Wie hieß er noch gleich?

»Hallo Oswald! Ich bin der Herbert! Kennst du mich noch?«

»Und ob!«

»Du bist alt geworden, Oswald.«

Kein Wunder, fünf Jahre keine Flavanoide, dachte Oswald. Aber er machte sich nicht die Mühe, diesen Umstand Herbert zu erklären. Sie schlenderten durch die Stadt, sprachen über alte Zeiten und blieben schließlich auf der Römerbrücke stehen, dem ältesten römischen Brückenbau nördlich der Alpen.

Als Oswald Herbert gegen das Geländer presste und zu einem späten Geständnis zwingen wollte, wurde dieser plötzlich aggressiv. Aber da war er bei Oswald an der falschen Adresse. Es kam zu einem Gerangel.

Am Ende starb (nicht wie sonst eine Frau) Herbert, der von der Römerbrücke fiel, weil Oswald ihn über das Geländer stieß, daran konnte er sich später genau erinnern. Nicht ohne Stolz sah Oswald ihm nach, wie seine weißen Hände wild gestikulierend in den schwarzen Fluten der Mosel verschwanden. Kleine Strudel waren das Einzige, was von Herbert übrig blieb.

Oswald weinte ihm keine Träne nach, sondern kletterte auf das Brückengeländer und schmetterte über die Dächer seiner schlafenden Heimatstadt hinweg das Mosellied. Auch daran konnte er sich genau erinnern, auch das nicht ohne Stolz. Er hat eine schöne, tiefe, erotische Stimme.

Sie werden das Lied kennen:

Im weiten Deutschen Lande zieht mancher Strom dahin,
von allen, die ich kannte, liegt einer mir im Sinn,
o Moselstrand, o selig Land.

Und so weiter und so weiter. Später kommt noch die schöne Stelle:

Wer fröhlich führt zum Munde das Glas mit kühlem Wein,
Dem duften auf dem Grunde viel tausend Blümelein ...

Mit Blümelein können ja wohl nur die Flavanoide gemeint sein, deren Existenz im 19. Jahrhundert wohl schon bekannt war. Und zu dieser Zeit auch Berücksichtigung fanden.

Aus dem Netz gefischt

Zuerst hat sie sich über das langsam dahinzockelnde Auto vor ihr aufgeregt. Rechts neben dem Aachener Kennzeichen klebt das Mac-Symbol, der angebissene Apfel. Bei ihr klebt es links. Als sie ihn überholt, kann sie die Buchstaben auf dem Blatt Papier an der Heckscheibe und der linken hinteren Seitenscheibe lesen: weissalles1982@web.de.

Sie öffnet den Mund zu einem stummen Schrei, ihre Finger krallen sich um das Lenkrad, ihr Herz schlägt schneller.

Das ist er!

Als *thrinchen* ist Christine im Netz unterwegs. Vor ein paar Wochen hat sie sich bei *Onlymac* registriert und eine Menge Anfängerfragen zu ihrem Mac ins Forum gestellt. *weissalles* war einer von über hundert Usern, aber der Erste, der ihr antwortete. Nach zweieinhalb Sekunden. Er machte seinem *nickname* alle Ehre, holte weit aus und warf mit Fachbegriffen nur so um sich, antwortete auf Fragen, die sie nicht gestellt hatte. Aber das tun die Freaks in diesen Foren alle. Bei *weissalles* war es der abfällige, mitleidige Ton, der ganz spezielle Erinnerungen in Christine weckte. Zwischen seinen Zeilen hörte sie das verächtliche Schnaufen, das sie schon zu oft gehört hatte.

Sie tritt das Gaspedal durch. Kaum hat sie sich vor ihn gesetzt, betätigt er die Lichthupe, schert aus, fährt auf gleiche Höhe mit ihr, winkt und feixt. Sie kommen sich gefährlich nahe. Kaum hat er sich vor sie gesetzt, gibt sie Gas, überholt ihn, lächelt ihm aufmunternd zu. Mal ist sie vorne, mal er. Ihr kleines Wettrennen ist wie eine Aufforderung zum Tanz. Es endet damit, dass er sie vorlässt.

Nur diesen einen noch, dann höre ich auf. Versprochen!

Er betätigt kurz die Lichthupe. Als das Hinweisschild für die Autobahnraststätte Ville kommt, setzt sie den Blinker und sieht im Rückspiegel, dass er ohne zu zögern folgt. Sie parken nebeneinander. Sie wartet, bis er ausgestiegen und an ihre Fahrertür getreten ist, dann kurbelt sie die Scheibe herunter und lässt ihn einen Blick auf ihre nackten Knie werfen. Sie sieht lächelnd zu ihm auf.

Er beugt sich zu ihr herunter, seine Haare fallen ihm in die Stirn. »Hi!«, sagt er. »Das hätte auch ins Auge gehen können.«

Das wird es noch, denkt sie.

Er schiebt seine Hand mit dem Schlüsselbund in die Hosentasche seiner ausgebeulten Jeans. Er ist mager und sieht übernächtigt aus. Er scharrt mit seinem rechten Turnschuh auf dem Pflaster des Parkplatzes und blickt zum Autobahn-Restaurant.

»Trinken wir was?«, schlägt sie vor.

Er nickt kurz.

Sie steigt aus, zieht ihren Rock herunter und schließt das Auto ab. Sie lässt ihn vorgehen und betrachtet ihn. Seine Haare haben lange keinen Friseur gesehen und sein weites T-Shirt weder Waschmaschine noch Bügeleisen. Er geht ohne die Füße zu heben, seine Schnürsenkel baumeln lose umher.

Er hält ihr nicht die Türe zum Restaurant auf, zieht ohne nachzufragen zwei Cola am Automaten, steuert einen Tisch am Fenster an und lässt sich auf einen Stuhl fallen.

Sie setzt sich ihm gegenüber. Er schiebt den Becher auf sie zu. Sie lässt ihn unberührt, sie mag keine Cola. Sie trinkt am liebsten Kaffee. Schwarz und stark. Und sie würde jetzt gern eine rauchen, aber sie sitzen im Nichtraucherbereich.

Was hatte *weissalles* über sich im Netz erzählt? Fieberhaft durchsucht Christine ihr Gedächtnis. Er war Student, nicht wahr? Informatik im sechsten oder siebten Semester.

»Heute keine Vorlesungen?«, fragt sie ihn.

»Doch, natürlich«, sagt er, fährt sich durch die Haare. »Woher weißt du?«

»So was sehe ich sofort.«

»Vorurteil«, brummt er und sieht an sich hinunter.

Wenn Christine sich recht erinnert, steht in seinem Profil, dass er Ende zwanzig ist, aus Trier stammt, jetzt in Aachen in einer WG wohnt, nur Männer, alles Informatiker. Lauter Alleswisser.

Christine sieht aus dem Fenster und sucht nach einem Thema. Der Verkehr wird dichter. »Es wird langsam voll da draußen.«

»Das ist doch normal.« Er zuckt mit den Schultern.

»Was wirst du später werden, ich meine, nach dem Studium?«, fragt sie weiter.

»Ich mach ‘ne eigene Firma auf, alles rund um den Mac, natürlich, was sonst?«

»Ich habe jetzt auch einen Mac«, sagt sie stolz.

»Hab ich schon befürchtet«, meint er. »Und? Kommst du klar?«

Sie schüttelt den Kopf und verzieht das Gesicht.

»Hab ich mir gedacht.«

Aus dem Außenbereich dringt Zigarettenqualm in ihre Nase. Es macht sie nervös. Sie versucht sich beruhigen, lehnt sich zurück und kreuzt die Arme und kommt zum Thema: »Ich habe mir gestern einen UMTS-Stick gekauft«.

Durch *weissalles* geht ein Ruck, als habe jemand einen Knopf gedrückt. Er richtet sich auf, schüttelt seine Haare, schlenkert mit Händen und Füßen, er explodiert geradezu. »USB? Läuft der denn auf deinem Mac?«

Sie zieht die Augenbrauen zusammen.

»Dann hast du Airport nicht deaktiviert!«

»Airport?«, fragt sie ratlos.

Weissalles lächelt. Es steht ihm gut, macht sein kantiges Gesicht weich, auch wenn es abfällig ist, das Lächeln. »Noch nie von gehört, was?«

»Sollte ich?«

Als er loslegt, hört sie nicht, was er sagt, nur wie er es sagt, diesen einen ganz bestimmten Ton in seiner Stimme, auf den sie total abfährt.

»…und dann Neustart, kapiert?«, hört sie ihn zuletzt fragen.

»Ich denke schon.«

Weissalles seufzt und fällt wieder in sich zusammen. »Ich glaube kaum.«

»Ich muss gehen«, sagt sie und steht auf. Langsam wendet sie sich von ihm ab.

»Falls du nicht klarkommst, du findest mich in der Community *Onlymac*«, hört sie *weissalles* hinter sich sagen. Als sie sich umdreht, reckt er sich und gähnt. »Immer. Aber mit Ferndiagnosen können die wenigsten umgehen.«

»Du hast recht«, sagt sie und sieht auf ihn hinab. »Am liebsten wäre es mir manchmal, jemand säße neben mir und würde mir die Hand führen ...« Sie lässt den Rest des Satzes in der Luft hängen.

Er sieht auf seine Uhr. »Ich hätte Zeit.«

»Echt?«

Er nickt kurz, ohne ihr in die Augen zu sehen.

»Und du würdest wirklich mit zu mir kommen?«

»Warum nicht?«

»Was kostet das denn bei dir?«, fragt sie skeptisch.

Er winkt ab. »Wo in Köln wohnst du?«

Woher weiß er, dass ich in Köln wohne?, fragt sie sich und braucht eine Schrecksekunde, um sich daran zu erinnern, dass er ihr Autokennzeichen gesehen hat. »Nächste Ausfahrt und dann höchstens noch fünf oder sechs Kilometer schätze ich.«

»Okay.«

Er trinkt ihre Cola in einem Zug leer, lässt die Becher stehen und folgt ihr. Sie winken sich zu, als sie in ihre Autos steigen. Sie fährt vor, denn sie kennt den Weg. Die beiden Autos kehren zurück auf die Autobahn. Sie beobachtet ihn im Rückspiegel. Er bleibt dicht dran an ihr. Er ist ihr ins Netz gegangen. Versonnen stellt sie sich vor, wie er ihre Wohnung betreten und sich umsehen wird, sich vor ihren Mac setzt, ihn einschaltet und beobachtet, wie der angebissene Apfel auf dem Monitor erscheint, während sie ihm in der Küche seinen letzten Drink mixt.

Da sieht sie *weissalles* durch die Seitenscheibe, grinsend fährt er an ihr vorbei und eröffnet den neuen Tanz auf der Autobahn. Mal lässt sie sich fangen, mal gibt er nach.

In Gedanken sieht sie ihn das Glas zum Mund führen, seine Lippen öffnen sich ...

Er ist hinter ihr, als sie den Tanklaster überholt und unvermittelt abbremst. Sie kommt von der Fahrbahn ab, schlingert über die beiden Spuren Richtung Standstreifen und sieht den Brückenpfeiler auf sich zukommen ... und *weissalles* den ersten Schluck nehmen.

Dann explodiert die Welt.

Weissalles tritt das Gaspedal bis zum Anschlag durch. Als er in den Rückspiegel blickt, zischt eine Flamme über der Unfallstelle hoch. Wenn sie wenigstens einmal Danke gesagt hätte. Aber das tun sie nie, weder im Netz noch in der Wirklichkeit.

Bibliografie

Château Soundso
erschienen 2011 in *Wein, Mord & Gesang*, KBV

So wie früher
erschienen 2010 in *Nordeifel-Mordeifel*, KBV

Vom Winde verdreht
erschienen 2009 in *Tatort Eifel 2*, KBV

Kohlpudding für immer
erschienen 2009 in *Friesisches Mordkompott*, Leda-Verlag

Steinfeld
erschienen 2009 in *Jokers Krimi*, www.jokers.de

Ritterspiel
erschienen 2007 in *Tatort Eifel*, KBV

Die dritte Tasse
erschienen 2006 in *Schwarzer Tod*, KBV

Defekt
erschienen 2011 in *Mördchen fürs Örtchen*, KBV

Rätselfreund
erschienen 2006 in *Abendgrauen 3*, KBV

Hot Chocolate
erschienen 2008 in *Killerkakao*, KBV

Schritt für Schritt
erschienen 2011 in *Tatort Eifel 3*, KBV

Tea for Two
erschienen 2007 in *Fünf-Uhr-Tod*, KBV

Carola Clasen

NIRGENDWO IN DER EIFEL

Taschenbuch · 260 Seiten
ISBN 978-3-942446-74-7
9,50 Euro
ab September 2012

Der Buchhändler Magnus Faber will sich aus dem Leben stehlen. Aber wie bringt man sich am besten um, wenn man den Zurückbleibenden möglichst jegliche Unannehmlichkeit ersparen will? Er macht sich auf die Suche nach einem kleinen Ort irgendwo in der Eifel. Ein altes Gemälde, das einst seiner Mutter gehörte, weist ihm dabei den Weg, der sich immer mehr im Nirgendwo zu verlieren scheint: »Die Staumauer der Oleftalsperre bei Mitteldorf«. Mitteldorf? Wie kommt es, dass niemand diesen Ort zu kennen scheint? Als seine Suche schließlich ihr Ende findet, muss er feststellen, dass er dennoch nicht am Ziel angelangt ist, denn in Mitteldorf herrschen andere Gesetze und andere Regeln. Und diese muss er erst kennenlernen, bevor er seinen letzten Schritt tun darf.

Carola Clasen, die »Queen of Eifel Crime«, geht neue Wege. In »Nirgendwo in der Eifel« verlässt sie ihr angestammtes Genre, den Krimi, und präsentiert eine herzerfrischend skurrile, streckenweise phantastische Erzählung, wie sie bisher in der Eifelliteratur nicht zu finden war. Sie schickt ihren Hauptdarsteller durch eine Reihe absurder Irrungen, und mit ihrem Vergnügen an der Grenzüberschreitung und ihrem bekannt feinen Humor macht sie es auch dem Leser leicht, ihr zu folgen.